Die Rückkehr des verlorenen Sohnes: Erlösung, Reue und Eine Zweite Chance auf Liebe

Dorothy Vincent

Published by RWG Publishing, 2023.

This is a work of fiction. Similarities to real people, places, or events are entirely coincidental.

DIE RÜCKKEHR DES VERLORENEN SOHNES: ERLÖSUNG, REUE UND EINE ZWEITE CHANCE AUF LIEBE

First edition. May 25, 2023.

Copyright © 2023 Dorothy Vincent.

Written by Dorothy Vincent.

Also by Dorothy Vincent

The Case of the Missing Heirloom: A Whodunit Mystery
The Lost City of Atlantis: A Young Adult Adventure
Living Authentically: Embracing Your Unique Identity
The Faithful Witness: Conviction and Courage in Uncertain Times
Breaking the Mold: Shattering Expectations and Chasing Dreams
The Art of Being Yourself: Uncovering the Power of Authenticity
Living a Life of Purpose: Discovering God's Plan for Your Life
The Prodigal Son's Return: Redemption, Regrets, and a Second Chance at Love
El Regreso del hijo Perdido: Redención, Remordimientos y una Segunda Oportunidad En El Amor
Le Retour du fils Prodigue: Regrets et une Seconde Chance d'aimer
The Road to Redemption: Finding Hope and Healing
Il Ritorno del Figlio Perduto: Redenzione, Rimpianti e una Seconda Possibilità di Amore
Die Rückkehr des verlorenen Sohnes: Erlösung, Reue und Eine Zweite Chance auf Liebe

Inhaltsverzeichnis

Kapitel 1: Der lange Heimweg...1
Kapitel 2: Das Geständnis eines Sohnes..3
Kapitel 3: Die Vergebung eines Vaters 7
Kapitel 4: Neuanfang..11
Kapitel 5: Die Willkommensparty 15
Kapitel 6: Wiederanbindung an die Familie...19
Kapitel 7: Alte Wunden, neue Anfänge...23
Kapitel 8: Die Freude einer Mutter 27
Kapitel 9: Beziehungen wieder aufbauen 29
Kapitel 10: Die Last der Rcue...33
Kapitel 11: Konfrontation mit der Vergangenheit...............................37
Kapitel 12: Vergebung in sich selbst finden 41
Kapitel 13: Eine zweite Chance auf Liebe...45
Kapitel 14: Eine wiedervereinigte Familie 49
Kapitel 15: Ein Neuanfang...53
Kapitel 16: Wiedergutmachung...57
Kapitel 17: Den Konsequenzen stellen 61
Kapitel 18: Vertrauen wiederaufbauen...65
Kapitel 19: Der Weg zur Wiedergutmachung......................................67
Kapitel 20: Eine neue Perspektive 69
Kapitel 21: Lernen, sich selbst zu vergeben..71
Kapitel 22: Die Überwindung von Scham..73
Kapitel 23: Die Wiederherstellung der Ehre 75
Kapitel 24: Loslassen von Groll...77
Kapitel 25: Die Dinge in Ordnung bringen 79
Kapitel 26: Abschluss finden..81
Kapitel 27: Den Wandel annehmen 83
Kapitel 28: Eine neue Zukunft aufbauen..85
Kapitel 29: Verantwortung übernehmen..87
Kapitel 30: Opfer bringen 89
Kapitel 31: Zweite Chancen feiern..91

Kapitel 32: Das Geschenk der Gnade 93

Kapitel 1: Der lange Heimweg

Jonathan war jahrelang fort gewesen und hatte das Zeitgefühl verloren. Er hatte sein Zuhause mit Abenteuerlust verlassen, aber er hatte niemals erwartet, so lange fort zu sein. Seine Eltern hatten ihn angefleht, nicht zu gehen, aber er war jung und voller Träume. Er wollte die Welt sehen, das Leben in all seinen Formen erleben.

Während er von einem Ort zum anderen reiste, traf Jonathan Menschen aus allen Lebensbereichen. Er kostete exotische Speisen, sah atemberaubende Sehenswürdigkeiten und hatte Erlebnisse, die er niemals vergessen würde. Doch er stand auch vor Herausforderungen und Hindernissen, die ihn an seinen Entscheidungen zweifeln ließen. Er wurde überfallen, verprügelt und mehr als einmal für tot zurückgelassen. Er verlor Freunde durch Unfälle, Krankheit und Gewalt. Und er sah die hässlichste Seite der Menschheit an Orten, wo Armut, Korruption und Krieg herrschen.

Trotz all dem setzte Jonathan seine Reise fort, immer auf der Suche nach etwas, das er nicht genau definieren konnte. Er schrieb Briefe an seine Familie, erhielt jedoch nie eine Antwort. Er ging davon aus, dass sie die Hoffnung aufgegeben hatten, dass sie ihn als hoffnungslosen Fall betrachteten. Er gab ihnen nicht die Schuld; er wusste, dass er sie enttäuscht hatte. Aber er konnte sich noch nicht dazu bringen, nach Hause zurückzukehren.

Eines Tages, während er eine staubige Straße in einem fremden Land entlangging, verspürte er eine Art Heimweh, die er zuvor noch nie erlebt hatte. Er vermisste den Geruch des Essens seiner Mutter, den Klang der Stimme seines Vaters und die Gemütlichkeit seines eigenen

Bettes. Er erkannte, dass er vor seinen Problemen weggelaufen war, vor seinen Fehlern, vor sich selbst. Er musste nach Hause zurückkehren, um die Konsequenzen seiner Handlungen zu tragen, um die Dinge wieder in Ordnung zu bringen.

Der Weg zurück nach Hause war lang und mühsam. Jonathan musste Wüsten, Berge und Ozeane überqueren. Er musste Stürme, Krankheiten und Hunger überstehen. Er musste seinen eigenen Ängsten, Zweifeln und Bedauern gegenübertreten. Doch er fand entlang des Weges auch unerwartete Hilfe und Freundlichkeit von Fremden. Er traf einen weisen alten Mann, der ihm den Wert von Geduld lehrte, ein junges Mädchen, das ihm die Schönheit der Einfachheit zeigte, und einen verwundeten Soldaten, der ihn an den Preis der Freiheit erinnerte.

Als er sich seiner Heimatstadt näherte, empfand Jonathan eine Mischung aus Gefühlen: Aufregung, Angst, Schuldgefühle und Hoffnung. Er wusste nicht, was ihn erwartete, ob seine Familie ihn willkommen heißen oder ihn komplett ablehnen würde. Er wusste nicht, ob er sich genug verändert hatte, um ihrer Vergebung würdig zu sein. Aber er wusste, dass er es versuchen musste, dass er den ersten Schritt gehen musste.

Als er die vertrauten Straßen betrat, sah er, dass sich alles verändert hatte und doch gleich geblieben war. Die Häuser, die Geschäfte, die Bäume, die Menschen – alles sah vertraut aus und doch anders. Er fragte sich, ob er hier immer noch dazugehörte, ob er noch einen Platz in dieser Gemeinschaft hatte.

Er ging zum Haus seiner Familie, sein Herz schlug vor Aufregung. Er klopfte an die Tür und wartete.

Kapitel 2: Das Geständnis eines Sohnes

Die Tür quietschte auf und Jonathan sah das Gesicht seiner Mutter zum ersten Mal seit Jahren. Sie sah älter, dünner und trauriger aus, als er es in Erinnerung hatte. Aber sie sah auch erleichtert, glücklich und schockiert aus, ihn dort stehen zu sehen. Sie öffnete ihre Arme und er fiel weinend hinein.

"Jonathan! Oh, mein lieber Sohn! Du bist zurück! Du bist wirklich zurück!" sagte seine Mutter und hielt ihn fest.

Jonathan konnte nicht sprechen, nicht erklären, nicht um Verzeihung bitten. Er fühlte sich wie ein Kind, verloren und hilflos, abhängig von der Liebe und Vergebung seiner Mutter. Er klammerte sich an sie, als ob sie das Einzige wäre, was ihn vor seiner eigenen Schuld retten könnte.

Schließlich löste seine Mutter die Umarmung und betrachtete ihn mit einer Mischung aus Besorgnis und Neugier. "Komm rein, komm rein. Lass mich dich ansehen. Du bist so dünn, so blass, so... anders. Was ist mit dir passiert? Wo warst du die ganze Zeit?"

Jonathan folgte seiner Mutter ins Wohnzimmer, wo er seinen Vater in seinem Lieblingssessel sitzen sah. Sein Vater sah älter, grauer und strenger aus, als er es in Erinnerung hatte. Aber er sah auch stolz, erleichtert und skeptisch aus, ihn dort zu sehen. Er stand auf und stellte sich Jonathan mit einem ernsten Gesichtsausdruck gegenüber.

"Jonathan. Du bist zurück. Endlich. Wir haben auf dich gewartet. Hast du eine Ahnung, wie viel Schmerz du uns bereitet hast, wie viel Sorge, wie viel Schande?" sagte sein Vater, seine Stimme vor Emotion zitternd.

Jonathan spürte das Gewicht der Enttäuschung und des Zorns seines Vaters. Er wusste, dass er ihn enttäuscht hatte, dass er sein Vertrauen gebrochen hatte, dass er seine Erwartungen verraten hatte. Er senkte den Kopf und flüsterte: "Es tut mir leid, Papa. Es tut mir leid für alles. Ich weiß, dass ich richtig Mist gebaut habe. Ich verdiene deine Vergebung nicht, aber ich hoffe, dass du mir eine Chance gibst, es wieder gut zu machen."

Sein Vater sah ihn lange an, als suche er etwas in seinen Augen. Schließlich nickte er und sagte: "Setz dich, Jonathan. Wir müssen reden. Wir müssen wissen, was mit dir passiert ist, warum du gegangen bist, warum du nicht zurückgekommen bist, warum du nicht geschrieben hast. Wir müssen die Wahrheit wissen."

Jonathan setzte sich auf das Sofa und fühlte sich wie ein Gefangener, der einem Richter gegenübersteht. Er holte tief Luft und begann zu sprechen, anfangs stockend, dann fließender.

"Papa, Mama, ich... ich weiß nicht, wo ich anfangen soll. Ich denke, ich sollte damit beginnen, dass es mir leid tut, wirklich leid, euch verletzt zu haben. Ich wollte euch niemals Schmerzen zufügen oder euch respektlos behandeln. Ich wollte einfach... die Welt sehen, erkunden, mich selbst finden. Ich war jung, naiv, töricht. Ich dachte, ich könnte alles bewältigen, jede Herausforderung meistern. Ich lag falsch."

Er machte eine Pause und betrachtete seine Eltern, die aufmerksam zuhörten. Er spürte einen Hauch von Hoffnung, von Vertrauen, von Liebe.

"Ich werde nicht lügen. Ich hatte einige gute Zeiten, großartige Erfahrungen. Ich sah Orte von atemberaubender Schönheit und traf inspirierende und freundliche Menschen. Aber ich hatte auch schlechte Zeiten, schreckliche Erfahrungen. Ich wurde überfallen, verprügelt, für tot zurückgelassen. Ich sah Dinge, die ich am liebsten vergessen würde, Dinge, die mich am Guten in der Menschheit zweifeln ließen. Ich habe Freunde, Mentoren, Geliebte verloren. Ich habe euch schrecklich vermisst. Ich habe euch Briefe geschrieben, aber nie eine Antwort erhalten. Ich nahm an, dass ihr die Hoffnung aufgegeben hattet, dass ihr mich aufgegeben hattet. Ich gab euch nicht die Schuld, aber ich konnte mich einfach nicht dazu bringen, zurückzukommen, zumindest nicht bis jetzt."

Jonathans Stimme brach und Tränen liefen über sein Gesicht. Seine Eltern betrachteten ihn mit Mitgefühl und Skepsis. Sein Vater sprach zuerst, seine Stimme leise und bedacht.

"Jonathan, wir sind froh, dass du zurück bist, dass du sicher bist, dass du... am Leben bist. Aber du musst verstehen, dass das, was du getan hast, nicht nur ein Fehler war, sondern ein Verrat. Du bist gegangen, ohne uns etwas zu sagen, ohne uns zu warnen. Du hast dich nicht um unsere Gefühle, unsere Sorgen, unsere Hoffnungen gekümmert. Du hast alles, was wir dir gegeben haben, alles, was wir für dich geopfert haben, als selbstverständlich hingenommen. Du hast dich wie ein verwöhntes, egoistisches, unverantwortliches Kind verhalten. Und du erwartest, dass wir dir einfach so vergeben?"

Jonathan senkte den Kopf und fühlte das Gewicht der Worte seines Vaters. Er wusste, dass er seine Eltern zutiefst verletzt hatte, dass er ihre Herzen gebrochen hatte. Er wusste auch, dass er die Vergangenheit nicht rückgängig machen konnte, dass er seine Fehler nicht auslöschen konnte. Er konnte nur um ihre Vergebung bitten und hoffen, dass sie es in ihren Herzen finden würden, sie zu gewähren.

"Papa, ich weiß, dass ich Mist gebaut habe. Ich weiß, dass ich euch verletzt habe, dich und Mama. Ich weiß, dass ich nicht ändern kann, was ich getan habe oder was ich nicht getan habe. Aber ich bin jetzt hier und bereit, alles zu tun, um es wieder gut zu machen. Ich bitte nicht um euer Vertrauen oder eure Liebe, sondern nur um eine Chance, sie zurückzugewinnen. Ich möchte wieder Teil dieser Familie sein, euer Sohn, euer Bruder, euer Freund. Ich möchte euch stolz machen, euch zeigen, dass ich aus meinen Fehlern gelernt habe, dass ich erwachsen geworden bin, dass ich ein besserer Mensch bin als zuvor. Ich weiß, dass es nicht einfach wird, aber ich bin bereit, es zu versuchen. Werdet ihr... werdet ihr mir diese Chance geben?"

Jonathan schaute seine Eltern an, seine Augen flehend. Seine Mutter legte ihre Hand auf seine und drückte sie sanft. Sie sprach leise, aber bestimmt.

"Jonathan, wir lieben dich. Das haben wir immer getan und werden es immer tun. Aber du musst auch verstehen, dass Liebe nicht ausreicht. Es reicht nicht, nur 'Es tut mir leid' zu sagen, es zu fühlen oder zu bedauern. Du musst uns zeigen, dass du es ernst meinst, dass du bereit bist, Wiedergutmachung zu leisten, dass du bereit bist, die Verantwortung für deine Handlungen zu übernehmen. Du musst unser Vertrauen, unseren Respekt, unsere Vergebung verdienen. Und das wird nicht einfach oder schnell sein. Es wird Zeit, Anstrengung und Opfer erfordern. Bist du dazu bereit?"

Jonathan nickte, sein Herz schlug vor Hoffnung. Er wusste, dass es nicht einfach sein würde, dass es Zeit brauchen würde, die Wunden zu heilen, die er verursacht hatte. Aber er wusste auch, dass es es wert war, dass seine Familie es wert war. Er schaute seine Eltern an und sagte: "Ja, Mama. Ja, Papa. Ich bin dazu bereit. Ich werde alles tun, was nötig ist. Ich werde euch nicht wieder enttäuschen. Das verspreche ich."

Kapitel 3: Die Vergebung eines Vaters

Jonathan blieb die nächsten Tage bei seinen Eltern, holte ihr Leben auf und erzählte ihnen von seinen Abenteuern. Er zeigte ihnen Bilder von den Orten, an denen er gewesen war, den Menschen, die er getroffen hatte, und den Dingen, die er gelernt hatte. Er hörte auch ihre Geschichten, ihre Sorgen und ihre Hoffnungen. Er verspürte ein Gefühl von Wärme und Geborgenheit, das er so lange vermisst hatte.

Aber er spürte auch eine Unruhe, wissend, dass er immer noch dem Urteil seines Vaters gegenüberstehen musste. Er wusste, dass sein Vater immer streng, fordernd und unerbittlich gewesen war, wenn es um Disziplin ging. Er fürchtete, dass sein Vater ihm niemals vergeben würde für das, was er getan hatte, für das, was er nicht getan hatte. Er fürchtete, dass er niemals das Vertrauen, den Respekt und die Liebe seines Vaters zurückgewinnen würde können.

Eines Abends, als sie auf der Veranda saßen und den Sonnenuntergang beobachteten, sprach Jonathan's Vater mit ihm, mit einer Stimme, die gleichermaßen sanft und bestimmt war.

"Jonathan, ich muss mit dir reden. Ich muss dir etwas sagen, was ich dir schon vor langer Zeit hätte sagen sollen. Etwas, das ich bereue, dir nicht gesagt zu haben, bevor du gegangen bist."

Jonathan schaute seinen Vater an und spürte eine seltene Verletzlichkeit in seiner Stimme. Er fragte sich, was sein Vater sagen könnte, das einen Unterschied machen würde, das die Vergangenheit verändern würde, das die Wunden heilen würde.

Sein Vater räusperte sich und begann zu sprechen, zuerst langsam, dann immer selbstbewusster.

"Jonathan, du bist mein Sohn. Du warst es immer und wirst es immer sein. Egal was du tust, egal wohin du gehst, egal wie lange du fortbleibst, du bist immer noch mein Sohn. Und ich liebe dich. Ich liebe dich mehr als alles andere auf dieser Welt. Mehr als meinen Stolz, meinen Zorn, meine Enttäuschung. Mehr als mein eigenes Leben. Verstehst du das?"

Jonathan spürte einen Kloß im Hals und nickte, unfähig zu sprechen.

Sein Vater fuhr fort: "Als du gegangen bist, war ich wütend, verletzt und beschämt. Ich fühlte mich wie ein Versager, als Vater, als Vorbild. Ich hatte das Gefühl, dich verloren zu haben, das Gefühl, dass es mir nicht gelungen war, dir die Werte beizubringen, an die ich glaube. Ich konnte nicht verstehen, warum du gegangen bist, warum du uns verlassen hast, warum du unsere Herzen gebrochen hast. Ich konnte dir nicht vergeben, weil ich mir selbst nicht vergeben konnte."

Jonathan hörte zu und verspürte Erleichterung und Dankbarkeit. Er hatte immer vermutet, dass sein Vater ihn liebte, aber er hatte ihn nie so offen, so ehrlich, so verletzlich sagen hören. Er spürte, wie eine Last von seinen Schultern fiel, eine Bürde von seinem Herzen genommen wurde.

Sein Vater fuhr fort: "Aber jetzt erkenne ich, dass ich mich geirrt habe. Ich habe dich zu Unrecht beurteilt, kritisiert, abgelehnt. Ich habe von dir erwartet, perfekt zu sein, meinen Standards zu entsprechen, meinem Weg zu folgen. Ich habe gedacht, ich könnte dein Leben, deine Entscheidungen, deine Träume kontrollieren. Ich habe gedacht, dass ich dir niemals vergeben könnte."

Jonathan schaute seinen Vater an und sah einen anderen Mann als je zuvor. Er sah einen Mann, der nicht nur sein Vater war, sondern auch ein Mensch mit Fehlern, Zweifeln und Ängsten. Er sah einen Mann, der fähig war, sich zu verändern, zu wachsen, zu vergeben.

Sein Vater holte tief Luft und sagte: "Jonathan, ich vergebe dir. Ich vergebe dir, dass du gegangen bist, dass du nicht geschrieben hast, dass du nicht früher zurückgekommen bist. Ich vergebe dir, dass du ein Mensch bist, dass du Fehler gemacht hast, dass du auf die harte Tour gelernt hast. Ich vergebe dir, weil ich dich liebe. Und weil ich weiß, dass du ein guter Mensch bist, ein freundlicher Mensch, ein mutiger Mensch. Ich glaube an dich, Jonathan. Ich glaube, dass du eine strahlende Zukunft hast, dass du einen Sinn hast, dass du einen Platz in dieser Welt hast. Und ich möchte dir helfen, dich unterstützen, dich führen. Denn das ist es, was Väter tun. Das ist es, was ich schon früher hätte tun sollen. Und das ist es, was ich jetzt tue."

Jonathan konnte kaum glauben, was er hörte. Die Worte seines Vaters waren wie ein Balsam für seine Seele, sie heilten die Wunden, die so lange geschwelt hatten. Er verspürte ein Gefühl von Frieden, Freude und Dankbarkeit, das er noch nie zuvor empfunden hatte. Er schaute seinen Vater an und sah nicht nur einen Vater, sondern auch einen Freund, einen Mentor, ein Vorbild.

Er sagte: "Papa, danke. Danke, dass du mir vergibst, dass du mich annimmst, dass du mich liebst. Ich kann dir nicht sagen, wie viel mir das bedeutet. Du hast recht, ich habe Fehler gemacht, Risiken eingegangen, versagt. Aber ich habe auch gelernt, bin gewachsen, habe mich verändert. Ich bin nicht mehr der gleiche Mensch wie damals, als ich ging. Ich bin nicht perfekt, aber ich versuche, besser zu sein. Und das hätte ich nicht ohne dich, ohne Mama, ohne unsere Familie geschafft. Du warst immer für mich da, selbst wenn ich es nicht verdient hatte. Und ich möchte für dich da sein, für Mama, für unsere Familie. Ich möchte es wieder gut machen, aufbauen, was ich zerstört habe. Und ich möchte es mit deiner Hilfe, deiner Führung, deiner Liebe tun."

Sein Vater lächelte und legte seine Hand auf Jonathans Schulter. "Sohn, du musst mir oder irgendjemand anderem nichts beweisen. Du musst meine Liebe, meine Vergebung oder meinen Respekt nicht verdienen. Du hast sie bereits. Du hattest sie immer. Du bist mein Sohn und ich bin stolz auf dich, so wie du bist. Und ich bin für dich da, für alles, was du brauchst, wann immer du es brauchst. Das ist es, was Familie tut. Das ist es, was wir tun."

Jonathan spürte ein Gefühl der Zugehörigkeit, der Verbundenheit, der Einheit, das er so lange vermisst hatte. Er wusste, dass er noch viel Arbeit vor sich hatte, viele Brücken wiederaufbauen musste, viele Wunden heilen musste. Aber er wusste auch, dass er etwas hatte, was er zuvor nie hatte: die Vergebung seines Vaters. Und das war mehr wert als alle Abenteuer, alle Erfahrungen, alle Schätze, nach denen er jemals gesucht hatte.

Kapitel 4: Neuanfang

Jonathan wachte früh auf und fühlte sich erfrischt und energiegeladen. Er hatte zum ersten Mal seit Monaten, vielleicht sogar Jahren, gut geschlafen. Er verspürte einen Sinn, eine Richtung, eine Hoffnung. Er wusste, dass er viel Arbeit vor sich hatte, aber er wusste auch, dass er eine zweite Chance im Leben hatte. Und er war entschlossen, das Beste daraus zu machen.

Er stand auf, duschte und zog seine besten Kleider an. Er wollte einen guten Eindruck machen, seinen Eltern zeigen, dass er es ernst meinte mit seinen Absichten. Er ging in die Küche, wo seine Mutter bereits das Frühstück zubereitete.

"Guten Morgen, Mama. Kann ich dir bei etwas helfen?", fragte er und lächelte.

Seine Mutter drehte sich um und lächelte zurück. "Guten Morgen, Jonathan. Nein, danke. Ich bin fast fertig. Du siehst großartig aus. Gehst du irgendwohin Besonderes?"

Jonathan nickte, fühlte sich etwas nervös. "Ja, das tue ich. Ich gehe zu einer alten Freundin, die mir bei...etwas helfen kann. Ich weiß nicht, wie lange ich weg sein werde, aber ich bin bald wieder zurück."

Seine Mutter schaute ihn an, mit einer Mischung aus Neugier und Besorgnis. "Eine alte Freundin? Wer ist das? Ist alles in Ordnung?"

Jonathan zögerte, unsicher wie viel er ihr erzählen sollte. Er wollte sie nicht beunruhigen oder misstrauisch machen. Aber er wollte ihr auch nicht die Unwahrheit sagen oder Geheimnisse vor ihr haben.

Er sagte: "Ihr Name ist Lisa. Sie ist jemand, den ich auf meinen Reisen kennengelernt habe und...wir sind uns nahe gekommen. Sie ist Lehrerin und hat angeboten, mir bei...einem Job, einer Unterkunft und...etwas Beratung zu helfen. Ich weiß, es klingt seltsam, aber...ich vertraue ihr. Und ich brauche ihre Hilfe."

Seine Mutter schaute ihn an, mit einer Mischung aus Überraschung und Erleichterung. "Lisa? Ich erinnere mich, dass du sie in deinen Briefen erwähnt hast. Du hast gesagt, sie sei nett, klug und wunderschön. Du hast auch gesagt, dass sie dir geholfen hat, als du krank warst und gestrandet warst. Ihr scheint eine starke Verbindung zu haben. Das ist...interessant. Es freut mich, dass du jemanden hast, an den du dich wenden kannst, Jonathan. Ich hoffe, sie kann dir helfen."

Jonathan verspürte Dankbarkeit und Schuldgefühle. Er wusste, dass er seiner Mutter gegenüber gelogen hatte, durch Verschweigen. Er hatte Lisas Rolle in seinem Leben oder seine Gefühle für sie nicht erwähnt. Er hatte ihr nicht gesagt, dass er in sie verliebt war und mit ihr zusammen sein wollte. Er hatte ihr nicht gesagt, dass er eine neue Lebensphase mit ihr beginnen wollte, weit weg von seiner Familie. Er hatte ihr nicht die Wahrheit gesagt.

Er sagte: "Danke, Mama. Ich schätze dein Verständnis. Ich werde bald zurück sein, versprochen. Und...ich liebe dich."

Seine Mutter lächelte und umarmte ihn. "Ich liebe dich auch, Jonathan. Pass auf dich auf und...kümmere dich um dich. Und...vergiss uns nicht, okay?"

Jonathan erwiderte die Umarmung und verspürte dabei eine Mischung aus Traurigkeit und Sehnsucht. Er wusste, dass er seine Familie, sein Zuhause und seine Vergangenheit hinter sich ließ. Er wusste, dass er einen Neuanfang machte, an einem neuen Ort, mit einer neuen Person. Er wusste, dass es ein Risiko, eine Herausforderung, ein Traum war. Er wusste, dass es das war, was er wollte und brauchte.

Er sagte: "Ich werde euch nicht vergessen, Mama. Oder Papa. Oder...jemanden. Ihr werdet immer in meinem Herzen sein. Und...ich werde euch stolz machen, eines Tages. Das verspreche ich."

DIE RUCKKEHR DES VERLORENEN SOHNES: ERLÖSUNG, REUE UND EINE ZWEITE CHANCE AUF LIEBE

Seine Mutter lächelte und wischte sich eine Träne aus den Augen. "Ich weiß, dass du das wirst, Jonathan. Das tust du bereits. Geh jetzt, bevor du deinen Zug verpasst. Sei vorsichtig und pass auf dich auf. Und denk daran, dass du immer ein Zuhause bei uns hast."

Jonathan nickte, schnappte sich seinen Rucksack und ging zur Tür. Er drehte sich um und sah seine Mutter und das vertraute Haus ein letztes Mal an. Dann öffnete er die Tür und trat hinaus in die Welt, bereit für seinen Neuanfang, begleitet von der Liebe seiner Familie und der Hoffnung auf eine bessere Zukunft.

Kapitel 5: Die Willkommensparty

Jonathan war einige Monate lang weg gewesen und hatte mit Lisa in einer neuen Stadt ein neues Leben begonnen. Er hatte einen Job gefunden, eine Unterkunft und einen Lebenssinn. Er hatte auch Liebe, Glück und Frieden gefunden. Er hatte seinen Eltern geschrieben und ihnen von seinem neuen Leben und seinen Plänen erzählt, sie bald zu besuchen. Er hatte keine Antwort von ihnen erhalten, aber er ging davon aus, dass sie beschäftigt waren, auf Reisen waren oder sich einfach an ihr eigenes Leben gewöhnten.

Natürlich hatte er sie vermisst. Er hatte ihre Umarmungen, ihre Lächeln, ihre Gespräche vermisst. Er hatte ihre Anwesenheit, ihre Unterstützung, ihre Liebe vermisst. Aber er hatte auch ein Gefühl von Distanz, von Trennung, von Unabhängigkeit gespürt. Er hatte sein eigener Mensch sein wollen, seine eigenen Entscheidungen treffen, sein eigenes Leben führen. Er hatte nicht gebunden, beurteilt oder kontrolliert werden wollen.

Aber jetzt kehrte er zurück. Er hatte beschlossen, seine Eltern zu besuchen und den Kontakt zur Familie wiederherzustellen. Er hatte sie mehr vermisst, als er erkannt hatte, und er wollte ihnen zeigen, wie sehr er sich kümmerte. Er hatte auch sein neues Leben mit ihnen teilen wollen, ihnen zeigen, dass er sich verändert hatte, dass er gewachsen war, dass er erfolgreich war. Er hatte sie stolz machen wollen.

Er kam am Bahnhof an und fühlte sich aufgeregt und nervös. Er hatte seine Eltern fast ein Jahr lang nicht mehr persönlich gesehen und fragte sich, wie sie auf ihn reagieren würden. Er fragte sich, ob sie sich freuen würden, ihn zu sehen, oder enttäuscht oder wütend wären.

Er fragte sich, ob sie Lisa akzeptieren oder ablehnen oder ignorieren würden. Er fragte sich, ob er die richtige Entscheidung getroffen hatte, zurückzukommen, seiner Vergangenheit ins Auge zu sehen, noch einmal von vorne anzufangen.

Er ging auf den Ausgang zu und trug einen kleinen Koffer und einen Blumenstrauß. Er schaute sich um und suchte die Gesichter seiner Eltern. Er sah ein paar Leute, aber keiner von ihnen kam ihm bekannt vor. Er spürte Enttäuschung und Verwirrung. Er fragte sich, ob seine Eltern ihn vergessen hätten oder ob sie ihre Meinung geändert hätten, ihn zu sehen.

Er ging nach draußen in das helle Sonnenlicht und schaute sich erneut um. Er sah ein paar Autos und ein paar Passanten. Er sah eine Gruppe von Teenagern, die lachten und sich unterhielten. Er sah eine Frau, die auf einer Bank saß und ein Buch las. Er sah einen Mann, der neben einem Schild stand und ein Stück Papier hielt.

Der Mann schaute ihn an und lächelte. Er sagte: "Jonathan? Bist du das?"

Jonathan schaute ihn an und spürte eine Art Wiedererkennung und Überraschung. Er sagte: "Ja, das bin ich. Wer sind Sie?"

Der Mann kam auf ihn zu und schüttelte ihm die Hand. Er sagte: "Ich bin Joe. Joe, ein Freund deines Vaters. Deine Eltern haben mich gebeten, dich abzuholen und dich zu ihnen nach Hause zu bringen. Sie warten auf dich, mit einer Überraschung."

Jonathan verspürte Erleichterung und Dankbarkeit. Er hatte Joe vergessen, den Freund seines Vaters, der ihn seit seiner Kindheit kannte. Er mochte Joe immer, der einen Sinn für Humor und ein gutes Herz hatte. Er hatte nicht erwartet, dass Joe ihn abholen würde, aber er war froh darüber.

Er sagte: "Danke, Joe. Das schätze ich. Welche Überraschung?"

Joe lächelte und zwinkerte. Er sagte: "Du wirst sehen. Los, lass uns gehen."

DIE RÜCKKEHR DES VERLORENEN SOHNES: ERLÖSUNG, REUE UND EINE ZWEITE CHANCE AUF LIEBE

Er führte Jonathan zu seinem Auto, einem glänzenden roten Cabrio. Er öffnete die Tür und deutete Jonathan an einzusteigen. Jonathan zögerte, fühlte sich etwas selbstbewusst. Er war noch nie zuvor in einem Sportwagen gefahren und wollte nicht zu aufgeregt oder zu unbeholfen aussehen.

Kapitel 6: Wiederanbindung an die Familie

Jonathan verspürte eine Mischung aus Aufregung und Angst, als er aus dem Auto stieg und sein Elternhaus ansah. Er war fast ein Jahr lang nicht mehr hier gewesen und fragte sich, wie viel sich verändert hatte. Er fragte sich, ob er sich immer noch zuhause fühlen würde oder ob alles fremd erscheinen würde.

Joe kam auf ihn zu und legte eine Hand auf seine Schulter. "Bist du bereit dafür?", fragte er.

Jonathan atmete tief ein und nickte. "Ich bin bereit", sagte er.

Joe führte ihn zur Haustür und klingelte. Jonathan's Herz schlug schneller, als er Schritte näher kommen hörte. Die Tür öffnete sich und er wurde von der warmen Umarmung seiner Mutter begrüßt.

"Jonathan, mein Sohn! Oh, es ist so schön, dich wiederzusehen!", rief sie aus.

Jonathan erwiderte die Umarmung fest und Tränen stiegen ihm in die Augen. "Mama, ich habe dich so sehr vermisst", flüsterte er.

Sein Vater trat vor und legte eine Hand auf seine Schulter. "Willkommen zuhause, Sohn. Wir sind so froh, dass du hier bist", sagte er.

Jonathan schaute zu ihm auf und spürte eine Welle der Emotion über ihn hinwegspülen. "Papa, es tut mir leid. Es tut mir so leid für alles", sagte er, während seine Stimme zitterte.

Sein Vater nahm ihn in eine Umarmung. "Es ist in Ordnung, Sohn. Wir vergeben dir. Wir sind einfach nur froh, dass du zurück bist", sagte er.

Jonathan verspürte eine Erleichterung und Dankbarkeit. Er hatte sich so viele Sorgen gemacht, wie seine Eltern auf ihn reagieren würden, aber ihre Liebe und Vergebung hatten seine Ängste gelindert.

In den nächsten Tagen verbrachte Jonathan Zeit mit seiner Familie und holte alles nach, was er verpasst hatte. Er teilte seine Reisegeschichten mit seinen Eltern und Geschwistern, und sie teilten ihre eigenen Geschichten aus ihrem Leben mit ihm. Sie lachten, sie weinten und sie umarmten sich. Es war, als wäre er nie fort gewesen.

Eines Tages setzte sich Jonathan mit seinem Vater zusammen, um zu reden. "Papa, ich möchte dir dafür danken, dass du mir vergeben hast. Ich hätte nie gedacht, dass ich hierher zurückkommen und dir gegenüberstehen könnte, nach allem, was ich getan habe", sagte er.

Sein Vater legte eine Hand auf die Schulter seines Sohnes. "Jonathan, du bist unser Sohn. Wir lieben dich, egal was passiert. Wir waren zwar wütend und verletzt, als du gegangen bist, aber wir haben dich immer geliebt und werden das auch immer tun", sagte er.

Jonathan verspürte Dankbarkeit und Liebe für seinen Vater. Er wusste, dass er kein einfacher Sohn gewesen war, aber die Worte seines Vaters ließen ihn sich akzeptiert und geliebt fühlen.

Er holte tief Luft und sagte: "Papa, ich habe mich seit meinem Weggang sehr verändert. Ich weiß, dass ich dich und Mama mit meinen Handlungen verletzt habe, und ich möchte die Dinge wieder in Ordnung bringen. Ich möchte ein besserer Sohn, ein besserer Bruder, ein besserer Mensch sein. Ich möchte mich mit dir und dem Rest unserer Familie wieder verbinden."

Sein Vater lächelte ihn an. "Jonathan, wir sind immer für dich da. Wir werden dich in allem, was du tust, unterstützen. Wir sind einfach nur glücklich, dich wieder in unserem Leben zu haben", sagte er.

Jonathan verspürte Erleichterung und Freude. Er wusste, dass er viel Arbeit vor sich hatte, um seine Beziehungen zu seiner Familie wieder aufzubauen, aber er war bereit, sich dafür einzusetzen. Er war

DIE RÜCKKEHR DES VERLORENEN SOHNES: ERLÖSUNG, REUE UND EINE ZWEITE CHANCE AUF LIEBE

dankbar für ihre Vergebung und Liebe und entschlossen, das Beste aus seiner zweiten Chance zu machen.

Kapitel 7: Alte Wunden, neue Anfänge

Jonathan war nun seit einigen Wochen wieder zu Hause und verbrachte viel Zeit mit seiner Familie. Sie waren froh, ihn zurück zu haben, aber es lag immer noch eine gewisse Spannung zwischen ihnen. Alte Wunden waren noch nicht vollständig verheilt, und es gab noch ungelöste Probleme, die angegangen werden mussten.

An einem Abend setzte sich Jonathan mit seiner Mutter und seinen Geschwistern zusammen, um zu reden. "Ich weiß, dass ich euch allen mit meinen Handlungen verletzt habe, und ich möchte die Dinge wieder in Ordnung bringen. Ich möchte mich entschuldigen und um eure Vergebung bitten", sagte er.

Seine Schwester Sarah meldete sich zu Wort. "Jonathan, das ist nicht so einfach. Du hast uns sehr verletzt, mit deinen Lügen und deiner Rücksichtslosigkeit. Du hast unsere Familie fast zerstört. Wir können das nicht einfach vergessen", sagte sie, ihre Stimme vor Emotionen zitternd.

Jonathan schaute sie an und verspürte ein Gefühl von Schuld und Bedauern. Er wusste, dass er seine Familie tief verletzt hatte und dass er nicht einfach erwarten konnte, dass sie ihn über Nacht vergeben würde.

"Ich verstehe das, Sarah. Und ich erwarte nicht, dass ihr das vergesst oder ignoriert, was ich getan habe. Ich möchte nur Wiedergutmachung leisten und euch zeigen, dass ich mich verändert habe", sagte er.

Seine Mutter meldete sich zu Wort. "Jonathan, wir lieben dich. Wir möchten dir vergeben. Aber das wird Zeit brauchen. Wir müssen sehen, dass du es ernst meinst damit, die Dinge wieder in Ordnung zu bringen. Wir müssen sehen, dass du dich deiner Familie und deiner Zukunft verpflichtet fühlst", sagte sie. Jonathan nickte und verspürte ein Gefühl von Akzeptanz und Dankbarkeit. Er wusste, dass er viel Arbeit vor sich hatte, aber er war bereit, alles zu tun, um das Vertrauen und die Liebe seiner Familie zurückzugewinnen.

In den nächsten Wochen arbeitete Jonathan hart daran, seiner Familie zu zeigen, dass er es ernst meinte mit seinen Absichten. Er half im Haushalt, verbrachte Zeit mit seinen Geschwistern und hörte auf die Ratschläge seiner Eltern. Er begann auch eine Therapie, um an seinen Problemen zu arbeiten und ein besseres Verständnis von sich selbst zu erlangen.

Eines Tages setzte sich Jonathan mit seinem Vater zusammen, um zu reden. "Papa, ich möchte dir für alles danken, was du für mich getan hast. Ich weiß, dass ich nicht der einfachste Sohn war, aber du warst immer für mich da", sagte er.

Sein Vater lächelte ihn an. "Jonathan, du bist mein Sohn. Ich werde immer für dich da sein, egal was passiert. Ich war vielleicht nicht immer mit deinen Entscheidungen einverstanden, aber ich habe dich nie aufgehört zu lieben", sagte er.

Jonathan verspürte ein Gefühl von Liebe und Akzeptanz für seinen Vater. Er wusste, dass er kein einfacher Sohn gewesen war, aber die Worte seines Vaters ließen ihn sich geschätzt und geliebt fühlen.

Er holte tief Luft und sagte: "Papa, ich gehe zur Therapie, und es hilft mir sehr. Ich habe meine Vergangenheit konfrontieren können und meine Fehler verstanden. Ich möchte ein besserer Mensch, ein besserer Sohn und ein besserer Bruder sein. Ich möchte neu anfangen, mit einem unbeschriebenen Blatt. Und ich möchte deine Hilfe, deine Führung und deine Unterstützung."

Sein Vater schaute ihn an, mit Stolz und Besorgnis zugleich. "Jonathan, ich bin stolz auf dich, dass du diesen Schritt gemacht hast. Es erfordert viel Mut, sich seiner Vergangenheit zu stellen und

DIE RÜCKKEHR DES VERLORENEN SOHNES: ERLÖSUNG, REUE UND EINE ZWEITE CHANCE AUF LIEBE

Veränderungen vorzunehmen. Aber ich möchte, dass du auch weißt, dass es nicht einfach sein wird. Alte Gewohnheiten sterben langsam, und alte Wunden brauchen Zeit zum Heilen. Aber ich werde immer an deiner Seite sein, jeden Schritt des Weges", sagte er.

Jonathan verspürte ein Gefühl von Erleichterung und Hoffnung. Er wusste, dass er noch einen langen Weg vor sich hatte, aber er wusste auch, dass er die Liebe und Unterstützung seiner Familie hatte.

Kapitel 8: Die Freude einer Mutter

Jonathan war nun seit einigen Monaten wieder zu Hause und hatte hart daran gearbeitet, seine Beziehungen zu seiner Familie wieder aufzubauen. Er hatte Zeit mit seinen Eltern, seinen Geschwistern und seinen alten Freunden verbracht. Er hatte sich entschuldigt, zugehört und versucht, Wiedergutmachung zu leisten. Er hatte auch einen neuen Job begonnen und war darin erfolgreich.

Eines Tages rief Jonathans Mutter ihn in die Küche. "Jonathan, komm her, ich habe dir etwas zu zeigen", sagte sie, ihre Stimme voller Begeisterung.

Jonathan betrat die Küche und fühlte sich neugierig und ein wenig nervös. Er fragte sich, was seine Mutter ihm zeigen wollte.

Sie öffnete eine Schublade und zog ein Blatt Papier heraus. "Jonathan, ich habe das in einer deiner alten Schachteln gefunden. Es ist eine Zeichnung, die du gemacht hast, als du sechs Jahre alt warst. Erinnerst du dich daran?", fragte sie.

Jonathan betrachtete die Zeichnung und verspürte ein Gefühl von Nostalgie und Amüsement. Es war eine Strichmännchenzeichnung einer Familie, mit einem großen Lächeln für jedes Familienmitglied.

Er lächelte und sagte: "Ja, ich erinnere mich daran. Ich habe als Kind ständig gezeichnet. Es ist lustig, es nach all den Jahren wiederzusehen."

Seine Mutter lächelte zurück, Tränen stiegen ihr in die Augen. "Jonathan, weißt du, was ich sehe, wenn ich diese Zeichnung betrachte? Ich sehe eine glückliche Familie mit einem liebenden Sohn, der sich um seine Familie kümmert. Ich sehe einen kleinen Jungen mit großen Träumen und einem großen Herzen. Ich sehe dich", sagte sie.

Jonathan verspürte eine Freude und Dankbarkeit seiner Mutter gegenüber. Er wusste, dass er nicht immer ein liebevoller Sohn gewesen war, aber ihre Worte ließen ihn sich geschätzt und geliebt fühlen.

Er holte tief Luft und sagte: "Mama, ich möchte dir für alles danken, was du für mich getan hast. Du warst immer für mich da, auch wenn ich es nicht verdient hatte. Du hast immer an mich geglaubt, auch wenn ich nicht an mich selbst geglaubt habe. Du hast mich immer geliebt, auch wenn ich mich selbst nicht geliebt habe. Ich weiß nicht, wie ich dir dafür danken kann, aber ich möchte, dass du weißt, dass ich dich liebe und dass ich immer dankbar für dich sein werde."

Seine Mutter umarmte ihn fest, Tränen liefen ihr übers Gesicht. "Jonathan, du musst mir für nichts danken. Du bist mein Sohn, und ich liebe dich, egal was passiert. Dich wieder nach Hause kommen zu sehen und zu sehen, wie du versuchst, die Dinge wieder in Ordnung zu bringen, ist die größte Freude meines Lebens. Ich bin stolz auf dich, und das werde ich immer sein", sagte sie.

Jonathan erwiderte ihre Umarmung und verspürte eine Liebe und Akzeptanz seiner Mutter gegenüber. Er wusste, dass er noch einen langen Weg vor sich hatte, aber er wusste auch, dass er die Liebe und Unterstützung seiner Familie hatte. Er fühlte sich dankbar und gesegnet, eine Mutter zu haben, die ihn bedingungslos liebte und an ihn glaubte, selbst wenn er nicht an sich selbst glaubte.

Kapitel 9: Beziehungen wieder aufbauen

Jonathan war nun schon fast ein Jahr lang wieder zu Hause und hatte hart daran gearbeitet, seine Beziehungen zu seiner Familie wieder aufzubauen. Er hatte Fortschritte gemacht, aber es gab immer noch Momente der Spannung und Unbehaglichkeit. Alte Wunden waren noch nicht vollständig geheilt, und es gab noch ungelöste Probleme, die angegangen werden mussten.

Eines Tages zog Jonathan's Schwester, Sarah, ihn beiseite, um mit ihm zu sprechen. "Jonathan, ich möchte mit dir über etwas sprechen", sagte sie mit ernster Stimme.

Jonathan verspürte eine gewisse Unruhe und fragte sich, worüber seine Schwester sprechen wollte. Er hatte sich bemüht, ein besserer Bruder zu sein, aber er wusste, dass es immer noch Dinge gab, die er in der Vergangenheit getan hatte, die sie verletzt hatten.

"Was ist los, Sarah?", fragte er.

Sarah holte tief Luft und sagte: "Jonathan, ich möchte, dass du weißt, dass ich schätze, was du unternommen hast, um die Dinge wieder in Ordnung zu bringen. Ich weiß, dass es nicht einfach war, und ich weiß, dass du dich bemühst. Aber ich möchte auch, dass du weißt, dass es immer noch Dinge gibt, die mich stören, Dinge, die du in der Vergangenheit getan hast, die ich nicht einfach vergessen kann."

Jonathan nickte und verspürte ein Gefühl von Schuld und Bedauern. Er wusste, dass er seine Schwester tief verletzt hatte und dass er nicht einfach erwarten konnte, dass sie ihn über Nacht verzeihen würde.

"Ich verstehe das, Sarah. Und ich erwarte nicht, dass du das, was ich getan habe, vergisst oder ignorierst. Ich möchte nur Wiedergutmachung leisten und dir zeigen, dass ich mich verändert habe", sagte er.

Sarah sah ihn an, Tränen stiegen ihr in die Augen. "Jonathan, ich möchte dir glauben. Aber manchmal habe ich das Gefühl, dass du nur die richtigen Dinge sagst, um uns ein besseres Gefühl zu geben, ohne es wirklich so zu meinen. Ich möchte echte Veränderungen sehen, nicht nur Worte", sagte sie.

Jonathan verspürte eine Enttäuschung und Frustration sich selbst gegenüber. Er wusste, dass er mehr tun musste als sich einfach nur zu entschuldigen und die richtigen Dinge zu sagen. Er musste seiner Familie zeigen, dass er es ernst meinte, und dass er bereit war, hart zu arbeiten, um ihr Vertrauen und ihre Liebe zurückzugewinnen.

Er holte tief Luft und sagte: "Sarah, ich verstehe, was du sagst. Und ich möchte, dass du weißt, dass ich mich verpflichtet fühle, die Dinge wieder in Ordnung zu bringen, egal wie lange es dauert. Ich weiß, dass ich in der Vergangenheit Fehler gemacht habe, aber ich möchte aus ihnen lernen und ein besserer Mensch werden. Ich möchte ein besserer Bruder für dich sein und dir zeigen, dass ich dich liebe und mich um dich kümmere."

Sarah sah ihn an, ein Hauch von Hoffnung in ihren Augen. "Jonathan, ich möchte dir glauben. Und ich möchte dir verzeihen. Aber es wird nicht einfach sein. Es wird Zeit, Mühe und Geduld erfordern. Aber ich bin bereit, es zu versuchen, wenn du es auch bist", sagte sie.

Jonathan verspürte Erleichterung und Dankbarkeit gegenüber seiner Schwester. Er wusste, dass er noch einen langen Weg vor sich hatte, aber ihre Bereitschaft zu vergeben und mit ihm zusammenzuarbeiten, gab ihm Hoffnung. Er war entschlossen, weiterhin sein Bestes zu geben, sich zu entschuldigen und seine Beziehungen zu seiner Familie wieder aufzubauen. Er wusste, dass es

DIE RUCKKEHR DES VERLORENEN SOHNES: ERLÖSUNG, REUE UND EINE ZWEITE CHANCE AUF LIEBE

nicht einfach sein würde, aber er wusste auch, dass es es wert sein würde.

Kapitel 10: Die Last der Reue

Jonathan hatte Fortschritte dabei gemacht, seine Beziehungen zu seiner Familie wieder aufzubauen, aber es gab immer noch Momente, in denen er die Last der Reue spürte. Es gab immer noch Momente, in denen er an die Dinge dachte, die er in der Vergangenheit getan hatte, und ein Gefühl von Scham und Schuld verspürte.

Eines Tages setzte sich Jonathan mit seinem Therapeuten zusammen, um zu sprechen. "Ich kämpfe immer noch mit der Last der Reue", sagte er. "Ich weiß, dass ich meiner Familie wehgetan habe, und ich kann dieses Gefühl nicht abschütteln, dass ich ein schlechter Mensch bin."

Sein Therapeut sah ihn mit Mitgefühl an. "Jonathan, es ist nicht ungewöhnlich, Reue zu empfinden, wenn wir etwas getan haben, auf das wir nicht stolz sind. Es ist ein Zeichen dafür, dass du dir der Auswirkungen deiner Handlungen bewusst bist und dass dir die Menschen, die du verletzt hast, am Herzen liegen. Aber es ist wichtig zu bedenken, dass Reue zur Last werden kann, wenn wir nicht lernen, wie wir damit umgehen können", sagte er.

Jonathan nickte und verspürte eine Erleichterung, dass sein Therapeut ihn verstand. "Was kann ich tun, um damit umzugehen?", fragte er.

Sein Therapeut lächelte ihn an. "Es gibt ein paar Dinge, die du ausprobieren kannst. Eine Möglichkeit ist es, deine Gefühle anzuerkennen, aber nicht in ihnen zu verharren. Wenn du Reue empfindest, erlaube dir, sie zu spüren, aber lass nicht zu, dass sie dich verzehrt. Eine weitere Möglichkeit ist es, Maßnahmen zu ergreifen, um Wiedergutmachung zu leisten. Wenn du etwas Positives tust, um den Schaden, den du angerichtet hast, zu reparieren, kann das dazu beitragen, etwas von der Reue zu lindern, die du empfindest. Und schließlich ist es wichtig, Selbstmitgefühl zu praktizieren. Erinnere dich daran, dass du ein Mensch bist und dass du Fehler machen darfst. Behandle dich selbst mit Freundlichkeit und Verständnis, so wie du es bei einem Freund tun würdest, der eine schwierige Zeit durchmacht", sagte er.

Jonathan verspürte Hoffnung und Motivation in Bezug auf die Ratschläge seines Therapeuten. Er wusste, dass er daran arbeiten musste, seine Reue zu bewältigen, und dass es nicht einfach sein würde. Aber er war bereit, es zu versuchen.

In den nächsten Wochen versuchte Jonathan, die Ratschläge seines Therapeuten umzusetzen. Immer wenn er die Last der Reue spürte, erkannte er sie an, versuchte sich dann aber auf etwas Positives zu konzentrieren. Er verbrachte Zeit mit seiner Familie, half im Haushalt mit und tat Dinge, um ihnen zu zeigen, dass er sich kümmerte. Er versuchte auch, freundlicher mit sich selbst umzugehen und erinnerte sich daran, dass er ein Mensch war und dass er Fehler machen durfte.

Eines Tages setzte sich Jonathan mit seiner Mutter zusammen, um zu sprechen. "Mama, ich möchte dir für alles danken, was du für mich getan hast. Ich weiß, dass ich dir in der Vergangenheit wehgetan habe und dass ich es dir nie ganz wieder gutmachen kann. Aber ich möchte, dass du weißt, dass ich dich liebe und dass ich versuche, ein besserer Mensch zu sein", sagte er.

Seine Mutter lächelte ihn an, ein Gefühl von Liebe und Akzeptanz in ihren Augen. "Jonathan, ich weiß, dass du es versuchst. Und darauf bin ich stolz. Du magst in der Vergangenheit Fehler gemacht haben, aber du bist immer noch mein Sohn, und ich liebe dich. Und ich glaube, dass du der Mensch werden kannst, der du sein möchtest", sagte sie.

DIE RÜCKKEHR DES VERLORENEN SOHNES: ERLÖSUNG, REUE UND EINE ZWEITE CHANCE AUF LIEBE

Jonathan verspürte Erleichterung und Dankbarkeit gegenüber seiner Mutter. Er wusste, dass er noch einen langen Weg vor sich hatte, aber ihre Liebe und Unterstützung gaben ihm Hoffnung. Er spürte, wie sich die Last der Reue ein kleines Stück weit von seinen Schultern hob. Und er wusste, dass er weiterhin sein Bestes geben würde, um die Dinge richtigzustellen und ein besserer Mensch zu werden.

Kapitel 11: Konfrontation mit der Vergangenheit

Jonathan war nun seit fast zwei Jahren zurück zu Hause und hatte erhebliche Fortschritte gemacht, um seine Beziehungen zu seiner Familie wieder aufzubauen. Doch es gab immer noch eine Sache, die er noch nicht vollständig angegangen war - seine Vergangenheit.

Er hatte so viel Zeit damit verbracht, in der Gegenwart die Dinge in Ordnung zu bringen, dass er es versäumt hatte, sich seiner Vergangenheit zu stellen. Doch er wusste, dass er nicht vollständig voranschreiten konnte, ohne sich mit den Dingen auseinanderzusetzen, die ihn auf den falschen Weg geführt hatten.

Eines Tages beschloss Jonathan, seine alte Highschool zu besuchen. Er war seit seinem Abschluss vor fast einem Jahrzehnt nicht mehr dort gewesen. Er ging durch die Flure und verspürte ein Gefühl von Nostalgie und Bedauern.

Als er ging, sah er eine seiner alten Lehrerinnen, Frau Smith. Sie war eine seiner Lieblingslehrerinnen gewesen, und er erinnerte sich gerne an sie.

"Jonathan, bist du das?", sagte sie, ihre Augen weiteten sich vor Überraschung.

Jonathan drehte sich um und sah Frau Smith, die ihn anlächelte. "Frau Smith, schön Sie zu sehen", sagte er und verspürte ein Gefühl von Nervosität.

Frau Smith sah ihn an, ein Gefühl der Besorgnis in ihren Augen. "Jonathan, wie geht es dir? Es ist schon lange her, seit du deinen Abschluss gemacht hast", sagte sie.

Jonathan holte tief Luft und sagte: "Frau Smith, es ging mir schlecht. Ich habe viele Fehler gemacht und viele Menschen verletzt. Aber ich versuche, die Dinge in Ordnung zu bringen."

Frau Smith sah ihn an, ihre Augen wurden weicher. "Jonathan, ich habe immer gewusst, dass du ein guter Mensch bist, selbst als du eine schwierige Zeit durchgemacht hast. Ich bin stolz auf dich, dass du versuchst, Wiedergutmachung zu leisten. Aber ich möchte auch, dass du weißt, dass es nie zu spät ist, sich seiner Vergangenheit zu stellen. Es ist wichtig, deine Fehler anzuerkennen und aus ihnen zu lernen. Es ist wichtig, dir selbst zu vergeben und voranzugehen", sagte sie.

Jonathan verspürte Erleichterung und Dankbarkeit gegenüber Frau Smith. Er wusste, dass sie recht hatte. Er musste sich seiner Vergangenheit stellen und aus seinen Fehlern lernen.

In den nächsten Wochen begann Jonathan genau das zu tun. Er besuchte Orte, die ihn an seine Vergangenheit erinnerten, wie den Park, in dem er mit seinen alten Freunden abhing. Er schaute sich alte Fotos und Tagebücher an und versuchte, seine Gedanken und Emotionen zu ordnen.

Eines Tages setzte sich Jonathan mit seinem Therapeuten zusammen, um zu sprechen. "Ich habe mich meiner Vergangenheit gestellt, aber es war wirklich schwierig. Es fühlt sich an, als würde ich all meine Fehler wieder durchleben, und es fällt mir schwer, mir selbst zu vergeben", sagte er.

Sein Therapeut sah ihn mit Mitgefühl an. "Jonathan, sich seiner Vergangenheit zu stellen, kann wirklich herausfordernd sein. Aber es ist auch notwendig, wenn du vorankommen möchtest. Du tust das Richtige, indem du deine Fehler anerkennst und versuchst, daraus zu lernen. Aber es ist auch wichtig, Selbstvergebung zu praktizieren. Du bist nicht mehr derselbe Mensch wie damals. Du bist gewachsen und hast gelernt. Behandle dich selbst mit Freundlichkeit und Verständnis, genauso wie du es bei einem Freund tun würdest, der eine schwierige Zeit durchmacht", sagte er.

DIE RÜCKKEHR DES VERLORENEN SOHNES: ERLÖSUNG, REUE UND EINE ZWEITE CHANCE AUF LIEBE

Jonathan nickte und verspürte ein Gefühl von Hoffnung und Entschlossenheit. Er wusste, dass er immer noch einen langen Weg vor sich hatte, aber er machte Fortschritte. Er lernte, seiner Vergangenheit ins Auge zu sehen, sich selbst zu vergeben und voranzukommen. Und er wusste, dass er weitermachen würde, egal wie schwierig es war.

Kapitel 12: Vergebung in sich selbst finden

Jonathan hatte hart daran gearbeitet, sich mit seiner Familie zu versöhnen und seine Vergangenheit anzugehen. Er hatte Fortschritte gemacht, aber es gab noch eine Sache, mit der er sich noch nicht vollständig auseinandergesetzt hatte - sich selbst zu vergeben.

Trotz seiner Bemühungen, die Dinge wieder in Ordnung zu bringen, verspürte er immer noch ein Gefühl von Schuld und Scham für das, was er getan hatte. Er wusste, dass seine Familie ihm vergeben hatte, aber er hatte noch nicht gelernt, sich selbst zu vergeben.

Eines Tages setzte sich Jonathan mit seinem Therapeuten zusammen, um zu sprechen. "Ich habe Schwierigkeiten, mir selbst zu vergeben. Ich weiß, dass meine Familie mir vergeben hat, aber mir selbst fällt es schwer, dasselbe zu tun", sagte er.

Sein Therapeut sah ihn mit Mitgefühl an. "Jonathan, sich selbst zu vergeben, kann eine der schwierigsten Aufgaben sein. Aber es ist auch eine der wichtigsten. Wenn wir an Schuldgefühlen und Scham festhalten, kann das uns daran hindern, vollständig voranzukommen. Es ist wichtig, unsere Fehler anzuerkennen, aber auch zu lernen, sie loszulassen", sagte er.

Jonathan nickte und verspürte Erleichterung, dass sein Therapeut ihn verstand. "Wie kann ich lernen, mir selbst zu vergeben?", fragte er.

Sein Therapeut lächelte ihn an. "Es gibt ein paar Dinge, die du ausprobieren kannst. Eins ist, Selbstmitgefühl zu praktizieren. Behandle dich selbst mit derselben Freundlichkeit und demselben Verständnis, wie du es bei einem Freund tun würdest, der eine schwierige Zeit durchmacht. Erinnere dich daran, dass du ein Mensch bist und dass du Fehler machen darfst. Ein weiterer Ansatz ist, deine Fehler als Lernerfahrungen umzuinterpretieren. Was hast du aus deinen Fehlern gelernt? Wie haben sie dir geholfen zu wachsen und zu einer besseren Person zu werden? Und schließlich ist es wichtig, Vergebungsrituale zu praktizieren. Schreibe einen Brief an dich selbst, entschuldige dich für deine Fehler und drücke dir selbst Vergebung aus. Oder praktiziere Meditation und visualisiere ein Gefühl der Vergebung für dich selbst", sagte er.

Jonathan verspürte ein Gefühl von Hoffnung und Motivation für den Rat seines Therapeuten. Er wusste, dass er lernen musste, sich selbst zu vergeben, und dass es nicht einfach sein würde. Aber er war bereit, es zu versuchen.

In den nächsten Wochen versuchte Jonathan, den Rat seines Therapeuten umzusetzen. Er praktizierte Selbstmitgefühl und erinnerte sich daran, dass er ein Mensch war und dass er Fehler machen durfte. Er interpretierte seine Fehler als Lernerfahrungen und versuchte, die positiven Lektionen zu erkennen, die er gelernt hatte. Und er praktizierte Vergebungsrituale, indem er sich selbst einen Brief schrieb, sich für seine Fehler entschuldigte und sich selbst Vergebung zusprach.

Eines Tages setzte sich Jonathan mit seiner Mutter zusammen, um zu sprechen. "Mama, ich möchte dir noch einmal für alles danken, was du für mich getan hast. Ich weiß, dass ich dich in der Vergangenheit verletzt habe und es dir nie vollständig wiedergutmachen kann. Aber ich möchte, dass du weißt, dass ich hart daran arbeite, mir selbst zu vergeben und aus meinen Fehlern zu lernen", sagte er.

Seine Mutter lächelte ihn an, ein Gefühl von Liebe und Akzeptanz in ihren Augen. "Jonathan, ich weiß, dass es eine der schwierigsten Aufgaben ist, sich selbst zu vergeben. Aber ich weiß auch, dass du das Richtige tust. Du lernst, die Vergangenheit loszulassen und dich auf die Gegenwart zu konzentrieren. Und das ist alles, was zählt", sagte sie.

DIE RÜCKKEHR DES VERLORENEN SOHNES: ERLÖSUNG, REUE UND EINE ZWEITE CHANCE AUF LIEBE

Jonathan verspürte ein Gefühl von Erleichterung und Dankbarkeit gegenüber seiner Mutter. Er wusste, dass es ein langer und schwieriger Prozess war, sich selbst zu vergeben, aber er machte Fortschritte. Er lernte, die Vergangenheit loszulassen, sich selbst zu vergeben und voranzukommen. Und er wusste, dass er weitermachen würde, egal wie herausfordernd es war.

Kapitel 13: Eine zweite Chance auf Liebe

Jonathan hatte hart daran gearbeitet, seine Beziehungen zu seiner Familie wieder aufzubauen, seine Vergangenheit anzugehen und sich selbst zu vergeben. Er hatte bedeutende Fortschritte gemacht, aber es gab noch etwas, dem er sich noch nicht vollständig gewidmet hatte - seinem Liebesleben.

Seit er von zuhause weg war, hatte er keine ernsthafte Beziehung mehr gehabt und fragte sich, ob er jemals wieder die Liebe finden würde. Aber er wusste, dass er es versuchen musste, sich zu öffnen und eine Chance auf Liebe zu ergreifen.

Eines Tages beschloss Jonathan, sich einer örtlichen Gemeinschaftsgruppe anzuschließen. Er war schon immer an ehrenamtlicher Arbeit interessiert und dachte, dass dies eine gute Möglichkeit wäre, neue Leute kennenzulernen.

Als er das Gemeinschaftszentrum betrat, sah er eine Frau namens Sarah, die an einem Projekt arbeitete. Sie schaute auf und ihre Blicke trafen sich. Jonathan verspürte eine Verbindung, einen Funken der Anziehung.

"Hallo, ich bin Jonathan", sagte er und ging auf sie zu.

"Hallo, ich bin Sarah", sagte sie und lächelte ihn an.

Sie sprachen ein paar Minuten miteinander und Jonathan verspürte eine Leichtigkeit und Bequemlichkeit in ihrer Gegenwart. Er wusste, dass er sie wiedersehen wollte.

In den nächsten Wochen arbeiteten Jonathan und Sarah weiterhin gemeinsam als Freiwillige. Sie sprachen, lachten und lernten einander besser kennen. Jonathan verspürte eine Aufregung und Hoffnung in Bezug auf die Möglichkeit einer neuen Beziehung.

Eines Tages beschloss Jonathan, Sarah um ein Date zu bitten. "Sarah, ich weiß, dass wir uns erst seit kurzer Zeit kennen, aber ich genieße es wirklich, Zeit mit dir zu verbringen. Möchtest du mit mir ausgehen?" fragte er und verspürte eine gewisse Nervosität.

Sarah sah ihn an, eine Mischung aus Überraschung und Freude in ihren Augen. "Jonathan, ich würde gerne mit dir ausgehen", sagte sie und lächelte.

Ihr erstes Date war einfach, aber süß. Sie gingen in einen örtlichen Park, setzten sich auf eine Bank und sprachen miteinander. Sie sprachen über ihre Interessen, ihre Hoffnungen und ihre Träume. Sie sprachen über ihre Familien und ihre Vergangenheit. Jonathan verspürte eine Verbindung, ein Gefühl von Komfort und Leichtigkeit in Sarahs Gegenwart.

In den nächsten Wochen gingen Jonathan und Sarah weiterhin miteinander aus. Sie gingen ins Kino, auf Konzerte und in Restaurants. Sie lernten sich besser kennen und trafen sich mit ihren Familien.

Eines Tages setzte sich Jonathan mit seinem Therapeuten zusammen, um zu sprechen. "Ich befinde mich in einer neuen Beziehung und habe Angst. Ich möchte nichts wieder durcheinanderbringen. Ich möchte niemanden verletzen", sagte er.

Sein Therapeut sah ihn mit Mitgefühl an. "Jonathan, es ist ganz natürlich, Angst zu haben, wenn man sich in einer neuen Beziehung befindet. Aber es ist wichtig zu bedenken, dass du nicht mehr derselbe Mensch bist wie damals. Du bist gewachsen, hast dazugelernt und bist entschlossen, die Dinge richtig zu machen. Vertraue dir selbst und vertraue deinem Partner. Kommunikation ist der Schlüssel. Sprich miteinander, sei ehrlich zueinander und arbeitet gemeinsam daran, eine gesunde und erfüllende Beziehung aufzubauen", sagte er.

Jonathan nickte und verspürte eine Erleichterung und Dankbarkeit gegenüber den Ratschlägen seines Therapeuten. Er wusste, dass er sich

DIE RÜCKKEHR DES VERLORENEN SOHNES: ERLÖSUNG, REUE UND EINE ZWEITE CHANCE AUF LIEBE

selbst vertrauen, seinem Partner vertrauen und offen und ehrlich kommunizieren musste.

In den nächsten Monaten bauten Jonathan und Sarah ihre Beziehung weiter aus. Sie sprachen, lachten, unterstützten einander in guten und schlechten Zeiten. Jonathan verspürte Liebe und Akzeptanz gegenüber Sarah und wusste, dass es ihr genauso ging.

Eines Tages setzte sich Jonathan mit seiner Familie zusammen, um zu sprechen. "Ich möchte euch dafür danken, dass ihr mir eine zweite Chance gegeben habt. Ich weiß, dass ich euch in der Vergangenheit verletzt habe und dass ich das nie vollständig wiedergutmachen kann. Aber ich möchte, dass ihr wisst, dass ich mein Bestes gebe, um ein besserer Sohn, ein besserer Bruder und ein besserer Mensch zu sein. Und ich möchte mit euch teilen, dass ich jemanden Besonderen kennengelernt habe, jemanden, der mich glücklich macht und dem ich sehr viel bedeute", sagte er und verspürte eine gewisse Nervosität.

Seine Familie sah ihn überrascht und neugierig an. "Wer ist sie?", fragte seine Mutter.

Jonathan lächelte und verspürte einen gewissen Stolz in Bezug auf Sarah. "Sie heißt Sarah und sie ist unglaublich. Sie ist freundlich, klug und witzig. Und sie lässt mich zu einem besseren Menschen werden", sagte er.

Seine Familie sah ihn an, ein Gefühl von Glück und Erleichterung in ihren Augen. "Jonathan, wir freuen uns für dich. Wir möchten, dass du glücklich bist und Liebe und Erfüllung in deinem Leben findest. Du verdienst es", sagte sein Vater.

Jonathan verspürte Liebe und Akzeptanz gegenüber seiner Familie. Er wusste, dass er einen langen Weg zurückgelegt hatte und dass er immer noch viel lernen und wachsen musste. Aber er war dankbar für ihre Unterstützung und für die Möglichkeit, neu anzufangen, eine zweite Chance auf Liebe zu haben. Und er wusste, dass er weitermachen würde, egal welche Herausforderungen und Hindernisse ihm bevorstanden.

Kapitel 14: Eine wiedervereinigte Familie

Jonathan hatte hart daran gearbeitet, seine Beziehungen zu seiner Familie wieder aufzubauen, seine Vergangenheit anzugehen, sich selbst zu vergeben und Liebe zu finden. Er hatte bedeutende Fortschritte gemacht, aber es gab immer noch etwas, was er sich mehr als alles andere wünschte - seine gesamte Familie wiedervereint zu sehen.

Seitdem er von zuhause weg war, war seine Familie zerrüttet gewesen. Seine Eltern hatten sich scheiden lassen, seine Geschwister waren weggezogen und es herrschte ein Gefühl der Distanz und der Trennung zwischen ihnen.

Aber Jonathan wusste, dass er nicht vollständig vorankommen konnte, ohne dieses Problem anzugehen. Er wusste, dass er es versuchen musste, seine Familie wieder zusammenzubringen, die Wunden der Vergangenheit zu heilen.

Eines Tages beschloss Jonathan, seine Familie zum Abendessen einzuladen. Er wollte reden, seine Gefühle teilen und versuchen, die Kluft zu überbrücken, die entstanden war.

Als seine Familie eintraf, verspürte Jonathan Nervosität und Vorfreude. Er wusste, dass es nicht einfach sein würde, dass es Konflikte und Meinungsverschiedenheiten geben würde. Aber er war entschlossen, es zu versuchen.

Sie setzten sich an den Tisch und Jonathan begann zu sprechen. Er sprach über seine Reise, über seine Schwierigkeiten und Erfolge. Er sprach über seine Liebe zu ihnen und seinen Wunsch, sie alle wieder vereint zu sehen.

Seine Familie hörte zu, mit einem Ausdruck von Überraschung und Neugier in ihren Augen. Sie hatten Jonathan noch nie so gesehen, so verletzlich und ehrlich.

Nachdem Jonathan geendet hatte, begann seine Familie, ihre eigenen Gefühle zu teilen. Sie sprachen über ihre eigenen Herausforderungen, Reue und Wünsche für eine bessere Zukunft.

Es gab Tränen, Umarmungen und Momente des Lachens. Aber durch all das hindurch gab es ein Gefühl von Liebe und Akzeptanz, ein Gefühl von Einheit und Verbundenheit.

In den nächsten Wochen setzten Jonathan und seine Familie ihre Gespräche fort, teilten ihre Gefühle und versuchten, gemeinsame Grundlagen zu finden. Sie unternahmen Ausflüge, feierten Geburtstage und unterstützten einander in schwierigen Zeiten.

Jonathan verspürte ein Gefühl von Glück und Dankbarkeit gegenüber seiner Familie. Er wusste, dass sie nicht perfekt waren, dass sie ihre eigenen Fehler und Schwierigkeiten hatten. Aber er wusste auch, dass sie ihn liebten und für ihn da sein wollten.

Eines Tages setzte sich Jonathan mit seinem Therapeuten zusammen, um zu sprechen. "Ich habe das Gefühl, dass ich schon weit gekommen bin, aber es gibt immer noch so viel zu tun. Wie gehe ich weiter?" fragte er.

Sein Therapeut sah ihn mit Mitgefühl an. "Jonathan, das Leben ist eine Reise und es wird immer mehr zu tun, mehr zu lernen und mehr zu wachsen geben. Aber denke daran, dass du bereits so viel erreicht hast. Du hast deine Beziehungen zu deiner Familie wiederaufgebaut, deine Vergangenheit angegangen, dir selbst vergeben und Liebe gefunden. Das sind alles bedeutende Erfolge und du solltest stolz auf dich sein. Und denke daran, du bist nicht allein. Du hast deine Familie, deine Freunde und deinen Therapeuten. Gemeinsam könnt ihr weiter

DIE RUCKKEHR DES VERLORENEN SOHNES: ERLÖSUNG, REUE UND EINE ZWEITE CHANCE AUF LIEBE

vorangehen, hin zu einer glücklicheren und erfüllenderen Zukunft", sagte er.

Jonathan nickte und verspürte ein Gefühl von Hoffnung und Motivation in Bezug auf die Worte seines Therapeuten. Er wusste, dass er immer noch einen langen Weg vor sich hatte, aber er machte Fortschritte. Er lernte zu vergeben, zu lieben, zu heilen und zu wachsen. Und er wusste, dass er weitermachen würde, egal welche Herausforderungen und Hindernisse vor ihm lagen.

Kapitel 15: Ein Neuanfang

Jonathan hatte einen langen Weg hinter sich. Er hatte seine Beziehungen zu seiner Familie wiederaufgebaut, seine Vergangenheit angegangen, sich selbst vergeben, Liebe gefunden und seine Familie wiedervereint. Aber es gab noch eine Sache, die er sich wünschte - einen Neuanfang.

Er wusste, dass er nicht vollständig vorankommen konnte, ohne dieses Thema anzugehen. Er wusste, dass er es versuchen musste, neu anzufangen, die Vergangenheit hinter sich zu lassen und sich auf die Gegenwart und die Zukunft zu konzentrieren.

Eines Tages beschloss Jonathan, eine Veränderung vorzunehmen. Er beschloss, in eine neue Stadt zu ziehen, einen neuen Job anzunehmen und neue Freunde zu finden. Er wollte sich herausfordern, aus seiner Komfortzone heraustreten und neue Möglichkeiten ergreifen.

Als er seine Koffer packte, verspürte Jonathan ein Gefühl von Aufregung und Nervosität. Er wusste, dass es nicht einfach sein würde, dass es Herausforderungen und Schwierigkeiten geben würde. Aber er war entschlossen, es zu versuchen.

Er kam in der neuen Stadt an und begann seinen neuen Job. Er lernte neue Leute kennen, erkundete neue Orte und probierte neue Dinge aus. Er verspürte ein Gefühl von Freiheit, von Möglichkeiten, von Potenzial.

In den nächsten Wochen machte Jonathan weiterhin Fortschritte in seinem neuen Leben. Er schloss Freundschaften, unternahm Aktivitäten und genoss sein Leben. Aber er hatte auch mit

Herausforderungen zu kämpfen, wie dem Aufbau einer neuen Routine, der Navigation in einer neuen Stadt und der Anpassung an einen neuen Job.

Eines Tages setzte sich Jonathan mit seinem Therapeuten zusammen, um zu sprechen. "Ich habe Schwierigkeiten mit dieser Veränderung. Ich dachte, es würde einfach sein, aber das ist es nicht. Ich fühle mich verloren, allein und unsicher", sagte er.

Sein Therapeut sah ihn mit Mitgefühl an. "Jonathan, von vorne anzufangen kann eine der herausforderndsten Dinge sein. Es ist normal, sich verloren, allein und unsicher zu fühlen. Aber es ist auch wichtig, sich daran zu erinnern, warum du diese Veränderung vorgenommen hast. Was war dein Ziel? Was hast du erhofft zu erreichen? Und wie kannst du dich auf dieses Ziel konzentrieren, auch wenn es schwierig wird?" sagte er.

Jonathan nickte und verspürte ein Gefühl von Erleichterung und Motivation angesichts des Ratschlags seines Therapeuten. Er wusste, dass er sich auf sein Ziel konzentrieren und weiterhin versuchen musste, egal welche Herausforderungen und Hindernisse auf ihn zukamen.

In den nächsten Monaten setzte Jonathan sein neues Leben fort. Er stand vor Herausforderungen, aber er erlebte auch Wachstum und Fortschritt. Er lernte neue Fähigkeiten, schloss neue Freundschaften und entdeckte neue Leidenschaften.

Eines Tages setzte sich Jonathan mit seiner Familie zusammen, um zu sprechen. "Ich möchte euch für alles danken, was ihr für mich getan habt. Ohne eure Liebe, eure Unterstützung und eure Vergebung wäre ich nicht da, wo ich heute bin. Und ich möchte, dass ihr wisst, dass es mir gut geht. Ich habe ein neues Leben begonnen, und ich bin glücklich", sagte er und empfand ein Gefühl von Stolz und Dankbarkeit seiner Familie gegenüber.

Seine Familie sah ihn glücklich und stolz an. Sie wussten, dass Jonathan einen langen Weg zurückgelegt hatte und dass er immer noch

DIE RÜCKKEHR DES VERLORENEN SOHNES: ERLÖSUNG, REUE UND EINE ZWEITE CHANCE AUF LIEBE

einen langen Weg vor sich hatte. Aber sie wussten auch, dass er stark, widerstandsfähig und entschlossen war.

Jonathan verspürte ein Gefühl von Glück und Zufriedenheit in seinem neuen Leben. Er wusste, dass es weitere Herausforderungen, Schwierigkeiten und Hindernisse geben würde. Aber er wusste auch, dass er die Stärke, die Unterstützung und die Liebe hatte, ihnen allen zu begegnen. Und er wusste, dass er weitermachen würde, egal was auf ihn zukam.

Kapitel 16: Wiedergutmachung

Jonathan hatte einen langen Weg zurückgelegt. Er hatte seine Beziehungen zu seiner Familie wiederaufgebaut, seine Vergangenheit angegangen, sich selbst vergeben, Liebe gefunden, seine Familie wiedervereint und ein neues Leben begonnen. Aber es gab noch eine Sache, die er tun musste - Wiedergutmachung leisten.

Er wusste, dass er Menschen in der Vergangenheit verletzt hatte und dass er Verantwortung für sein Handeln übernehmen musste. Er wusste, dass er es versuchen musste, die Dinge wieder ins Reine zu bringen und um Vergebung zu bitten.

Eines Tages beschloss Jonathan, sich an die Menschen zu wenden, die er verletzt hatte. Er begann mit seiner Ex-Freundin Amanda. Er wusste, dass er ihr gegenüber unfair gewesen war, dass er ihre Liebe ausgenutzt hatte und dass er sich entschuldigen musste.

Er rief sie an, und sie vereinbarten ein Treffen in einem Café. Jonathan verspürte ein Gefühl von Nervosität und Vorfreude. Er wusste, dass es nicht einfach sein würde, dass es Schmerz und Reue geben würde. Aber er war entschlossen, es zu versuchen.

Als sie sich an den Tisch setzten, begann Jonathan zu reden. Er sprach über seine Reue, seine Trauer und seinen Wunsch, die Dinge wieder ins Reine zu bringen. Er entschuldigte sich für sein vergangenes Verhalten und erkannte den Schmerz an, den er verursacht hatte.

Amanda hörte zu, ein Gefühl von Überraschung und Skepsis in ihren Augen. Sie war von Jonathan verletzt worden und war sich nicht sicher, ob sie ihm vergeben konnte.

Aber als Jonathan weiterredete, begann sie sich zu öffnen. Sie sah seine Aufrichtigkeit, seine Reue und seine Bereitschaft zur Veränderung. Und sie empfand Mitgefühl und Verständnis für ihn.

In den nächsten Wochen setzte Jonathan seine Bemühungen fort, sich an die Menschen zu wenden, die er verletzt hatte. Er entschuldigte sich, hörte zu und versuchte, die Dinge wieder ins Reine zu bringen. Einige Menschen waren empfänglich, während andere es nicht waren. Aber Jonathan wusste, dass er alles getan hatte, was er konnte, und dass er Verantwortung für sein Handeln übernommen hatte.

Eines Tages setzte sich Jonathan mit seinem Therapeuten zusammen, um zu sprechen. "Ich habe mich an die Menschen gewandt, die ich verletzt habe, aber ich fühle mich immer noch schuldig. Ich habe das Gefühl, dass ich Schmerz verursacht habe, den ich niemals vollständig wiedergutmachen kann", sagte er.

Sein Therapeut sah ihn mit Mitgefühl an. "Jonathan, es ist normal, sich schuldig zu fühlen, wenn wir anderen Schaden zugefügt haben. Aber es ist auch wichtig, sich daran zu erinnern, dass wir die Vergangenheit nicht ändern können. Wir können nur Verantwortung für unser Handeln übernehmen, um Vergebung bitten und versuchen, in Zukunft besser zu sein. Denke daran, dass du einen langen Weg zurückgelegt hast, dass du aus deinen Fehlern gelernt hast und dass du dich verpflichtet hast, die Dinge wieder ins Reine zu bringen. Das ist alles, was du tun kannst", sagte er.

Jonathan nickte und empfand Erleichterung und Dankbarkeit für die Worte seines Therapeuten. Er wusste, dass er alles getan hatte, was er konnte, und dass er Verantwortung für sein Handeln übernommen hatte. Er wusste, dass er noch einen langen Weg vor sich hatte, aber er machte Fortschritte.

In den nächsten Monaten konzentrierte sich Jonathan weiterhin auf seine Gegenwart und seine Zukunft. Er wuchs, lernte und verbesserte sich weiterhin. Er wusste, dass er seine Vergangenheit nie

DIE RÜCKKEHR DES VERLORENEN SOHNES: ERLÖSUNG, REUE UND EINE ZWEITE CHANCE AUF LIEBE

vergessen würde, aber er wusste auch, dass er die Macht hatte, seine Zukunft zu gestalten.

Eines Tages setzte sich Jonathan mit seiner Familie zusammen, um zu sprechen. "Ich möchte mich bei euch bedanken, dass ihr mir eine zweite Chance gegeben habt und mich auf meinem Weg unterstützt habt. Und ich möchte, dass ihr wisst, dass ich mein Bestes tue, um die Dinge wieder ins Reine zu bringen. Ich habe mich an die Menschen gewandt, die ich verletzt habe, und ich habe Verantwortung für mein Handeln übernommen. Ich weiß, dass ich meine vergangenen Fehler nicht vollständig wiedergutmachen kann, aber ich bin entschlossen, ein besserer Mensch, ein besserer Sohn und ein besserer Bruder zu sein", sagte er und empfand ein Gefühl von Stolz und Dankbarkeit gegenüber seiner Familie.

Seine Familie sah ihn mit Liebe und Stolz an. Sie wussten, dass Jonathan einen langen Weg zurückgelegt hatte, und sie waren stolz auf ihn, dass er Verantwortung für seine vergangenen Fehler übernommen hatte und daran arbeitete, ein besserer Mensch zu werden.

Jonathan empfand ein Gefühl von Glück und Zufriedenheit über die Unterstützung seiner Familie. Er wusste, dass er noch mehr Arbeit vor sich hatte, aber er war dankbar für die Liebe und Akzeptanz, die er von seiner Familie erfahren hatte.

Als er in die Zukunft blickte, wusste Jonathan, dass er weiterhin Herausforderungen und Hindernisse bewältigen würde. Aber er wusste auch, dass er die Stärke, die Unterstützung und die Liebe hatte, ihnen allen zu begegnen. Er war bereit, ein neues Leben zu beginnen, die Vergangenheit hinter sich zu lassen und das Beste aus dem gegenwärtigen Moment zu machen. Und er wusste, dass er weitermachen würde, egal was auf ihn zukam.

Kapitel 17: Den Konsequenzen stellen

Jonathan hatte einen weiten Weg zurückgelegt. Er hatte seine Beziehungen zu seiner Familie wiederaufgebaut, seine Vergangenheit angegangen, sich selbst vergeben, Liebe gefunden, seine Familie wiedervereint, ein neues Leben begonnen und Wiedergutmachung geleistet. Aber es gab noch eine Sache, die er tun musste - den Konsequenzen stellen.

Er wusste, dass er in der Vergangenheit Fehler gemacht hatte und dass er Verantwortung für sein Handeln übernehmen musste. Er wusste, dass er es versuchen musste, Wiedergutmachung zu leisten und den Konsequenzen ins Auge zu sehen.

Eines Tages erhielt Jonathan einen Brief per Post. Es war von seinem früheren Arbeitgeber, demjenigen, von dem er gestohlen hatte. Sie hatten entdeckt, was er getan hatte, und forderten, dass er das Geld, das er genommen hatte, zurückzahlt.

Jonathan verspürte Angst und Panik. Er wusste, dass er das Geld nicht hatte, um es ihnen zurückzuzahlen, und dass er möglicherweise rechtliche Konsequenzen zu befürchten hatte.

Er setzte sich mit seinem Therapeuten zusammen, um zu sprechen. "Ich weiß nicht, was ich tun soll. Ich stehe den Konsequenzen meiner vergangenen Fehler gegenüber und ich weiß nicht, wie ich es wieder gutmachen kann", sagte er.

Sein Therapeut sah ihn mit Mitgefühl an. "Jonathan, den Konsequenzen unseres Handelns ins Auge zu sehen, kann eine der schwierigsten Aufgaben sein. Aber es ist auch wichtig zu bedenken, dass wir unser Bestes tun können, um die Dinge wieder gut zu machen.

Du kannst damit anfangen, dich an deinen alten Arbeitgeber zu wenden, dich zu entschuldigen und anzubieten, einen Zahlungsplan zu vereinbaren. Es wird nicht einfach sein, aber es ist das Richtige zu tun", sagte er.

Jonathan nickte und empfand Erleichterung und Motivation für die Worte seines Therapeuten. Er wusste, dass er Verantwortung für sein Handeln übernehmen musste und dass er versuchen musste, die Dinge wieder gut zu machen.

Er rief seinen alten Arbeitgeber an und vereinbarte ein Treffen. Er setzte sich mit ihnen zusammen und sprach über seine vergangenen Fehler. Er entschuldigte sich, erkannte den Schmerz an, den er verursacht hatte, und bot an, einen Zahlungsplan zu vereinbaren.

Sein alter Arbeitgeber hörte zu, ein Gefühl von Skepsis und Misstrauen in ihren Augen. Sie waren von Jonathan verletzt worden und waren sich nicht sicher, ob sie ihm trauen konnten.

Aber als Jonathan weiterredete, wurden sie weicher. Sie sahen seine Aufrichtigkeit, seine Reue und seine Bereitschaft, die Dinge wieder gut zu machen. Und sie begannen, Mitgefühl und Verständnis für ihn zu empfinden.

In den nächsten Wochen arbeitete Jonathan mit seinem alten Arbeitgeber zusammen, um einen Zahlungsplan zu vereinbaren. Er arbeitete hart, sparte Geld und zahlte pünktlich.

Es war nicht einfach, aber Jonathan wusste, dass er es versuchen musste. Er wusste, dass er den Konsequenzen seiner vergangenen Fehler ins Auge sehen musste und dass er alles in seiner Macht Stehende tun musste, um die Dinge wieder gut zu machen.

Eines Tages erhielt Jonathan einen Brief per Post. Es war von seinem alten Arbeitgeber. Sie hatten seine letzte Zahlung erhalten und beschlossen, die Anzeige gegen ihn fallen zu lassen.

Jonathan verspürte Erleichterung und Dankbarkeit. Er wusste, dass er das Richtige getan hatte und den Konsequenzen seines Handelns ins

DIE RÜCKKEHR DES VERLORENEN SOHNES: ERLÖSUNG, REUE UND EINE ZWEITE CHANCE AUF LIEBE

Auge gesehen hatte. Er wusste, dass er noch einen langen Weg vor sich hatte, aber er machte Fortschritte.

Als er in die Zukunft blickte, wusste Jonathan, dass er weiterhin Herausforderungen und Hindernissen begegnen würde. Aber er wusste auch, dass er die Stärke, die Unterstützung und die Liebe hatte, ihnen allen zu begegnen. Er war bereit, ein neues Leben zu beginnen, die Vergangenheit hinter sich zu lassen und das Beste aus dem gegenwärtigen Moment zu machen. Und er wusste, dass er weitermachen würde, egal was auf ihn zukam.

Kapitel 18: Vertrauen wiederaufbauen

Jonathan hatte einen weiten Weg zurückgelegt. Er hatte seine Beziehungen zu seiner Familie wiederaufgebaut, seine Vergangenheit angegangen, sich selbst vergeben, Liebe gefunden, seine Familie wiedervereint, ein neues Leben begonnen, Wiedergutmachung geleistet, den Konsequenzen ins Auge gesehen. Aber es gab noch eine Sache, die er tun musste - Vertrauen wiederaufbauen.

Er wusste, dass er in der Vergangenheit das Vertrauen gebrochen hatte und es zurückgewinnen musste. Er wusste, dass er es versuchen musste, ehrlich zu sein und seinen Lieben zu zeigen, dass er zu Veränderungen bereit war.

Eines Tages setzte sich Jonathan mit seiner Familie zusammen, um zu sprechen. "Ich weiß, dass ich euch in der Vergangenheit verletzt und euer Vertrauen gebrochen habe. Und ich möchte, dass ihr wisst, dass ich entschlossen bin, es wieder aufzubauen. Ich bin entschlossen, ehrlich, verantwortungsbewusst und zuverlässig zu sein. Ich weiß, dass es nicht einfach sein wird, aber ich möchte es versuchen", sagte er und empfand eine Mischung aus Verletzlichkeit und Entschlossenheit.

Seine Familie sah ihn mit einem Hauch von Zögern und Zweifel an. Sie waren in der Vergangenheit von Jonathan verletzt worden und waren sich nicht sicher, ob sie ihm wieder vertrauen konnten.

Aber als Jonathan weiterredete, wurden sie weicher. Sie sahen seine Aufrichtigkeit, seine Reue und seine Bereitschaft zur Veränderung. Und sie begannen, eine Hoffnung und Möglichkeit in ihm zu sehen.

In den nächsten Monaten arbeitete Jonathan hart daran, das Vertrauen seiner Familie wiederherzustellen. Er war ehrlich, verantwortungsbewusst und zuverlässig. Er zeigte ihnen, dass er zu Veränderungen bereit war und dass er alles tun würde, um ihr Vertrauen zurückzugewinnen.

Es war nicht einfach, aber Jonathan wusste, dass er es versuchen musste. Er wusste, dass er geduldig, beharrlich und konsequent sein musste.

Eines Tages setzte sich Jonathan erneut mit seiner Familie zusammen. "Ich weiß, dass ich noch viel Arbeit vor mir habe, aber ich möchte, dass ihr wisst, dass ich für eure Unterstützung und eure Liebe dankbar bin. Und ich möchte, dass ihr wisst, dass ich mein Bestes tue, um ein besserer Sohn, ein besserer Bruder und ein besserer Mensch zu sein", sagte er und empfand einen Hauch von Stolz und Dankbarkeit gegenüber seiner Familie.

Seine Familie sah ihn mit Stolz und Liebe an. Sie sahen den Fortschritt, den er gemacht hatte, und waren stolz auf seine Bereitschaft zur Veränderung.

Jonathan empfand Glück und Zufriedenheit gegenüber der Unterstützung seiner Familie. Er wusste, dass er noch mehr Arbeit vor sich hatte, aber er war dankbar für die Liebe und Akzeptanz, die er von seiner Familie erhalten hatte.

Wenn er in die Zukunft blickte, wusste Jonathan, dass er weiterhin Herausforderungen und Hindernisse bewältigen würde. Aber er wusste auch, dass er die Stärke, die Unterstützung und die Liebe hatte, um allem zu begegnen. Er war bereit, ein neues Leben anzunehmen, die Vergangenheit hinter sich zu lassen und das Beste aus dem gegenwärtigen Moment zu machen. Und er wusste, dass er weiterhin sein Bestes geben würde, egal was ihn erwartete.

Kapitel 19: Der Weg zur Wiedergutmachung

Jonathan hatte einen weiten Weg zurückgelegt. Er hatte seine Beziehungen zu seiner Familie wiederaufgebaut, seine Vergangenheit angegangen, sich selbst vergeben, Liebe gefunden, seine Familie wiedervereint, ein neues Leben begonnen, Wiedergutmachung geleistet, den Konsequenzen ins Auge gesehen, Vertrauen wiederaufgebaut. Aber es gab noch eine Sache, die er tun musste - weiterhin den Weg zur Wiedergutmachung beschreiten.

Er wusste, dass Wiedergutmachung eine lebenslange Reise war und dass er jeden Tag daran arbeiten musste. Er wusste, dass er es versuchen musste, freundlich zu sein und einen positiven Einfluss auf die Welt um ihn herum zu haben.

Eines Tages beschloss Jonathan, in einem örtlichen Obdachlosenheim ehrenamtlich tätig zu werden. Er wollte seiner Gemeinschaft etwas zurückgeben und einen Unterschied im Leben von Menschen machen, die weniger Glück hatten.

Als er in das Obdachlosenheim kam, verspürte Jonathan eine Mischung aus Nervosität und Unsicherheit. Er hatte so etwas noch nie zuvor gemacht und wusste nicht, ob er einen Unterschied machen könnte.

Aber als er anfing zu arbeiten, merkte er, dass er einen Unterschied machte. Er half beim Servieren von Essen, beim Aufräumen und sprach mit den Menschen, die im Heim untergebracht waren. Er sah ihre Dankbarkeit, ihre Widerstandsfähigkeit und ihren Willen, sich ein besseres Leben aufzubauen.

In den nächsten Wochen arbeitete Jonathan weiterhin ehrenamtlich im Obdachlosenheim. Er lernte die Menschen, die dort waren, näher kennen, hörte sich ihre Geschichten an und bot ihnen Ermutigung und Unterstützung an.

Es war nicht einfach, aber Jonathan wusste, dass er es versuchen musste. Er wusste, dass er geduldig, mitfühlend und einfühlsam sein musste.

Eines Tages erhielt Jonathan einen Brief. Es war von einer Person, die er im Obdachlosenheim kennengelernt hatte. Sie bedankte sich für seine Freundlichkeit, seine Unterstützung und seine Bereitschaft zuzuhören.

Jonathan empfand Freude und Dankbarkeit für den Brief. Er wusste, dass er einen Unterschied gemacht hatte, auch wenn es nur im Leben einer Person war.

Während er weiterhin den Weg zur Wiedergutmachung beschritt, wusste Jonathan, dass er Herausforderungen und Hindernisse bewältigen würde. Aber er wusste auch, dass er die Kraft hatte, einen positiven Einfluss auf die Welt um ihn herum zu haben. Er war bereit, ein neues Leben anzunehmen, die Vergangenheit hinter sich zu lassen und das Beste aus dem gegenwärtigen Moment zu machen. Und er wusste, dass er weiterhin sein Bestes geben würde, egal was ihn erwartete.

Kapitel 20: Eine neue Perspektive

Jonathan hatte einen weiten Weg zurückgelegt. Er hatte seine Beziehungen zu seiner Familie wiederaufgebaut, seine Vergangenheit angegangen, sich selbst vergeben, Liebe gefunden, seine Familie wiedervereint, ein neues Leben begonnen, Wiedergutmachung geleistet, den Konsequenzen ins Auge gesehen, Vertrauen wiederaufgebaut, den Weg zur Wiedergutmachung fortgesetzt. Aber es gab noch eine Sache, die er brauchte - eine neue Perspektive.

Er wusste, dass er seine Perspektive ändern musste, um die Welt in einem neuen Licht zu sehen und die Möglichkeiten der Zukunft anzunehmen.

Eines Tages beschloss Jonathan, eine Reise in eine andere Stadt zu unternehmen. Er wollte neue Sehenswürdigkeiten sehen, neue Menschen kennenlernen und eine neue Perspektive auf das Leben gewinnen.

Während er durch die Straßen der Stadt ging, verspürte Jonathan Aufregung und Staunen. Er sah neue Gebäude, neue Kulturen und neue Lebensweisen.

Er traf Menschen aus allen Lebensbereichen, aus verschiedenen Hintergründen und mit unterschiedlichen Geschichten. Er sah ihre Kämpfe, ihre Erfolge und ihren Willen, sich ein besseres Leben aufzubauen.

In den nächsten Tagen erkundete Jonathan weiterhin die Stadt. Er probierte neue Speisen, lernte neue Sprachen und erlebte neue Traditionen.

Es war nicht einfach, aber Jonathan wusste, dass er es versuchen musste. Er wusste, dass er aufgeschlossen, neugierig und respektvoll sein musste.

Eines Tages setzte sich Jonathan in einem Park hin, um über seine Reise nachzudenken. Er erkannte, dass er eine neue Perspektive auf das Leben gewonnen hatte. Er sah die Welt in einem anderen Licht und war gespannt auf die Möglichkeiten der Zukunft.

Während er in die Zukunft blickte, wusste Jonathan, dass er weiterhin Herausforderungen und Hindernisse bewältigen würde. Aber er wusste auch, dass er die Macht hatte, seine Perspektive zu verändern, neue Erfahrungen anzunehmen und das Beste aus dem gegenwärtigen Moment zu machen. Und er wusste, dass er weiterhin sein Bestes geben würde, egal was ihn erwartete.

Kapitel 21: Lernen, sich selbst zu vergeben

Jonathan hatte einen weiten Weg zurückgelegt. Er hatte seine Beziehungen zu seiner Familie wiederaufgebaut, seine Vergangenheit angegangen, sich selbst vergeben, Liebe gefunden, seine Familie wiedervereint, ein neues Leben begonnen, Wiedergutmachung geleistet, den Konsequenzen ins Auge gesehen, Vertrauen wiederaufgebaut, den Weg zur Wiedergutmachung fortgesetzt, eine neue Perspektive auf das Leben gewonnen. Aber es gab noch eine Sache, die er brauchte - sich selbst zu vergeben.

Er wusste, dass es schwierig war, sich selbst zu vergeben. Er hatte die Last seiner vergangenen Fehler zu lange getragen und musste loslassen.

Eines Tages setzte sich Jonathan mit seinem Therapeuten zusammen, um zu sprechen. "Ich habe einen weiten Weg zurückgelegt, aber ich kann mir immer noch nicht vergeben. Ich fühle mich, als ob ich kein Glück verdiene und nicht gut genug bin", sagte er und empfand ein Gefühl von Verletzlichkeit und Scham.

Sein Therapeut betrachtete ihn mit Empathie. "Jonathan, sich selbst zu vergeben, ist ein schwieriger Prozess. Aber es ist auch einer der wichtigsten Schritte, die du unternehmen kannst. Du wirst nicht durch deine vergangenen Fehler definiert. Du bist ein Mensch, der fähig ist zu wachsen, sich zu ändern und sich zu rehabilitieren. Du verdienst Glück und du verdienst es, dich selbst zu lieben", sagte er.

Jonathan nickte und empfand ein Gefühl von Erleichterung und Motivation angesichts der Worte seines Therapeuten. Er wusste, dass er die Vergangenheit loslassen musste und damit beginnen musste, sich selbst zu vergeben.

In den nächsten Wochen arbeitete Jonathan mit seinem Therapeuten daran, sich selbst zu vergeben. Er lernte, Selbstmitgefühl zu praktizieren, negative Selbstgespräche zu hinterfragen und sich auf seine Stärken zu konzentrieren.

Es war nicht einfach, aber Jonathan wusste, dass er es versuchen musste. Er wusste, dass er geduldig, freundlich und sanft mit sich selbst sein musste.

Eines Tages schaute Jonathan in den Spiegel und sah eine andere Person. Er sah jemanden, der fähig war, sich zu verändern, zu wachsen und zu lieben. Er sah jemanden, der Vergebung verdiente.

Während er weiterhin lernte, sich selbst zu vergeben, wusste Jonathan, dass er auf Herausforderungen und Hindernisse stoßen würde. Aber er wusste auch, dass er die Macht hatte, die Vergangenheit loszulassen, Selbstliebe anzunehmen und das Beste aus dem gegenwärtigen Moment zu machen. Und er wusste, dass er weiterhin sein Bestes geben würde, egal was ihn erwartete.

Kapitel 22: Die Überwindung von Scham

Jonathan hatte einen weiten Weg zurückgelegt. Er hatte seine Beziehungen zu seiner Familie wiederaufgebaut, seine Vergangenheit angegangen, sich selbst vergeben, Liebe gefunden, seine Familie wiedervereint, ein neues Leben begonnen, Wiedergutmachung geleistet, den Konsequenzen ins Auge gesehen, Vertrauen wiederaufgebaut, den Weg zur Wiedergutmachung fortgesetzt, eine neue Perspektive auf das Leben gewonnen, gelernt, sich selbst zu vergeben. Aber es gab noch eine Sache, die er brauchte - die Überwindung von Scham.

Er wusste, dass Scham eine der schwierigsten Emotionen war, mit der er konfrontiert werden musste. Sie hatte ihn zu lange zurückgehalten, und er musste loslassen.

Eines Tages setzte sich Jonathan mit seinem Therapeuten zusammen, um zu sprechen. "Ich fühle immer noch so viel Scham. Ich habe das Gefühl, nicht gut genug zu sein und ein schlechter Mensch zu sein", sagte er und empfand ein Gefühl von Verletzlichkeit und Verzweiflung.

Sein Therapeut betrachtete ihn mit Empathie. "Jonathan, Scham ist eine schwierige Emotion, mit der man konfrontiert wird. Aber es ist auch wichtig, sich daran zu erinnern, dass du nicht durch deine Fehler definiert wirst. Du bist ein Mensch, der fähig ist zu wachsen, sich zu ändern und sich zu rehabilitieren. Du verdienst es, geliebt zu werden, und du verdienst es, dich selbst zu lieben. Es ist an der Zeit, die Scham loszulassen", sagte er.

Jonathan nickte und empfand ein Gefühl von Erleichterung und Entschlossenheit angesichts der Worte seines Therapeuten. Er wusste, dass er die Scham loslassen musste und damit beginnen musste, sich selbst zu lieben.

In den nächsten Monaten arbeitete Jonathan mit seinem Therapeuten daran, die Scham zu überwinden. Er lernte, die negativen Überzeugungen, die ihn zurückhielten, herauszufordern, Selbstliebe zu praktizieren und die Vergangenheit loszulassen.

Es war nicht einfach, aber Jonathan wusste, dass er es versuchen musste. Er wusste, dass er geduldig, freundlich und mitfühlend mit sich selbst sein musste.

Eines Tages verspürte Jonathan ein Gefühl der Befreiung. Er erkannte, dass er die Scham losgelassen hatte und dass er begonnen hatte, sich selbst zu lieben. Er empfand ein Gefühl von Freiheit und Glück, das er zuvor noch nie empfunden hatte.

Während er weiterhin in die Zukunft blickte, wusste Jonathan, dass er auf Herausforderungen und Hindernisse stoßen würde. Aber er wusste auch, dass er die Macht hatte, Scham zu überwinden, Selbstliebe anzunehmen und das Beste aus dem gegenwärtigen Moment zu machen. Und er wusste, dass er weiterhin sein Bestes geben würde, egal was ihn erwartete.

Kapitel 23: Die Wiederherstellung der Ehre

Jonathan hatte einen weiten Weg zurückgelegt. Er hatte seine Beziehungen zu seiner Familie wiederaufgebaut, seine Vergangenheit angegangen, sich selbst vergeben, Liebe gefunden, seine Familie wiedervereint, ein neues Leben begonnen, Wiedergutmachung geleistet, den Konsequenzen ins Auge gesehen, Vertrauen wiederaufgebaut, den Weg zur Wiedergutmachung fortgesetzt, eine neue Perspektive auf das Leben gewonnen, gelernt, sich selbst zu vergeben, die Scham überwunden. Aber es gab noch eine Sache, die er brauchte - die Wiederherstellung seiner Ehre.

Er wusste, dass er in der Vergangenheit seine Ehre verloren hatte und dass er sie wiedererlangen musste. Er wusste, dass er es versuchen musste, ehrlich zu sein und die Dinge wieder in Ordnung zu bringen.

Eines Tages beschloss Jonathan, sich an die Menschen zu wenden, die er in der Vergangenheit verletzt hatte. Er wollte sich entschuldigen, Wiedergutmachung leisten und seine Ehre wiederherstellen.

Als er Anrufe tätigte und Briefe schrieb, verspürte Jonathan ein Gefühl von Nervosität und Demut. Er wusste nicht, wie die Menschen reagieren würden oder ob sie bereit wären, ihm zu vergeben.

Aber als er begann, Antworten von den Menschen zu erhalten, erkannte er, dass er Fortschritte machte. Manche Menschen waren zunächst zögerlich, aber sie begannen schließlich, sich zu öffnen und Jonathans Entschuldigungen anzuhören.

In den nächsten Wochen setzte Jonathan seine Bemühungen fort, Menschen zu erreichen. Er entschuldigte sich für seine vergangenen

Fehler, bot an, die Dinge wieder in Ordnung zu bringen, und zeigte seine Aufrichtigkeit und seinen Willen zur Veränderung.

Es war nicht einfach, aber Jonathan wusste, dass er es versuchen musste. Er wusste, dass er geduldig, hartnäckig und konsequent sein musste.

Eines Tages erhielt Jonathan einen Brief per Post. Es war von einer Person, die er in der Vergangenheit verletzt hatte. Sie bedankte sich für seine Entschuldigung, für seine Bereitschaft, die Dinge wieder in Ordnung zu bringen, und für seinen Einsatz für Veränderung.

Jonathan empfand ein Gefühl von Glück und Erleichterung beim Lesen des Briefes. Er wusste, dass er auf dem Weg war, seine Ehre wiederherzustellen.

Während er weiterhin in die Zukunft blickte, wusste Jonathan, dass er noch Arbeit vor sich hatte. Er wusste, dass er weiterhin Menschen erreichen, sich entschuldigen, Wiedergutmachung leisten und seinen Einsatz für Veränderung zeigen musste. Aber er wusste auch, dass er die Kraft hatte, seine Ehre wiederherzustellen, die Dinge in Ordnung zu bringen und das Beste aus dem gegenwärtigen Moment zu machen. Und er wusste, dass er weiterhin sein Bestes geben würde, egal was ihn erwartete.

Kapitel 24: Loslassen von Groll

Jonathan hatte einen weiten Weg zurückgelegt. Er hatte seine Beziehungen zu seiner Familie wiederaufgebaut, seine Vergangenheit angegangen, sich selbst vergeben, Liebe gefunden, seine Familie wiedervereint, ein neues Leben begonnen, Wiedergutmachung geleistet, den Konsequenzen ins Auge gesehen, Vertrauen wiederaufgebaut, den Weg zur Wiedergutmachung fortgesetzt, eine neue Perspektive auf das Leben gewonnen, gelernt, sich selbst zu vergeben, die Scham überwunden und seine Ehre wiederhergestellt. Aber es gab noch eine Sache, die er brauchte - er musste Groll loslassen.

Er wusste, dass Groll eine der giftigsten Emotionen ist, an der man festhalten kann. Er hatte ihn zu lange mit sich herumgetragen und musste ihn loslassen.

Eines Tages setzte sich Jonathan mit seinem Therapeuten zusammen, um zu reden. "Ich verspüre immer noch so viel Groll gegenüber den Menschen, die mir in der Vergangenheit Unrecht getan haben. Ich kann ihn einfach nicht loslassen", sagte er und fühlte eine Mischung aus Frustration und Verbitterung.

Sein Therapeut sah ihn mit Empathie an. "Jonathan, Groll ist eine schwierige Emotion, mit der man konfrontiert wird. Aber es ist wichtig zu bedenken, dass das Festhalten daran nur dir schadet. Du hast die Macht, ihn loszulassen, zu vergeben und voranzukommen. Es ist Zeit, den Groll loszulassen", sagte er.

Jonathan nickte und empfand eine Erleichterung und Motivation bei den Worten seines Therapeuten. Er wusste, dass er den Groll loslassen musste und ein Leben frei von Bitterkeit führen wollte.

In den nächsten Wochen arbeitete Jonathan mit seinem Therapeuten daran, den Groll loszulassen. Er lernte, die negativen Gedanken, die ihn zurückhielten, herauszufordern, Vergebung zu üben und sich auf den gegenwärtigen Moment zu konzentrieren.

Es war nicht einfach, aber Jonathan wusste, dass er es versuchen musste. Er wusste, dass er geduldig, freundlich und mitfühlend mit sich selbst sein musste.

Eines Tages verspürte Jonathan eine Erleichterung. Er erkannte, dass er den Groll losgelassen hatte und dass er begann, ein Leben frei von Bitterkeit zu führen. Er verspürte eine Freiheit und Glückseligkeit, die er zuvor nie empfunden hatte.

Während er weiterhin in die Zukunft blickte, wusste Jonathan, dass er weiterhin Herausforderungen und Hindernisse bewältigen würde. Aber er wusste auch, dass er die Macht hatte, Groll loszulassen, Vergebung zu üben und das Beste aus dem gegenwärtigen Moment zu machen. Und er wusste, dass er weiterhin sein Bestes geben würde, egal was ihn erwartete.

Kapitel 25: Die Dinge in Ordnung bringen

Jonathan hatte einen weiten Weg zurückgelegt. Er hatte seine Beziehungen zu seiner Familie wiederaufgebaut, seine Vergangenheit angegangen, sich selbst vergeben, Liebe gefunden, seine Familie wiedervereint, ein neues Leben begonnen, Wiedergutmachung geleistet, den Konsequenzen ins Auge gesehen, Vertrauen wiederaufgebaut, den Weg zur Wiedergutmachung fortgesetzt, eine neue Perspektive auf das Leben gewonnen, gelernt, sich selbst zu vergeben, die Scham überwunden, seine Ehre wiederhergestellt und Groll losgelassen. Aber es gab noch eine Sache, die er brauchte - die Dinge in Ordnung zu bringen.

Er wusste, dass er Menschen in der Vergangenheit verletzt hatte und dass er Verantwortung für sein Handeln übernehmen musste. Er wusste, dass er die Dinge in Ordnung bringen musste, um den verursachten Schaden zu reparieren.

Eines Tages setzte sich Jonathan hin und machte eine Liste der Menschen, mit denen er die Dinge in Ordnung bringen musste. Er notierte ihre Namen, ihre Kontaktinformationen und wofür er sich entschuldigen musste.

In den nächsten Wochen suchte Jonathan jede Person auf der Liste. Er entschuldigte sich für sein vergangenes Verhalten, erkannte den Schaden an, den er verursacht hatte, und bot an, die Dinge in Ordnung zu bringen.

Es war nicht einfach, aber Jonathan wusste, dass er es versuchen musste. Er wusste, dass er demütig, aufrichtig und entschlossen sein musste.

Während er daran arbeitete, die Dinge in Ordnung zu bringen, verspürte Jonathan eine Erleichterung und einen Abschluss. Er wusste, dass er das Richtige tat und dass er Verantwortung für sein Handeln übernahm.

Im Laufe der Zeit sah Jonathan die Auswirkungen seines Handelns. Menschen öffneten sich ihm gegenüber, vergaben ihm und bauten ihre Beziehungen zu ihm wieder auf.

Während er in die Zukunft blickte, wusste Jonathan, dass er immer noch Arbeit vor sich hatte. Er wusste, dass er weiterhin die Dinge in Ordnung bringen, Verantwortung für sein Handeln übernehmen und den verursachten Schaden reparieren musste. Aber er wusste auch, dass er die Macht hatte, sich zu ändern, Wiedergutmachung zu leisten und das Beste aus dem gegenwärtigen Moment zu machen. Und er wusste, dass er weiterhin sein Bestes geben würde, egal was ihn erwartete.

Kapitel 26: Abschluss finden

Jonathan hatte einen weiten Weg zurückgelegt. Er hatte seine Beziehungen zu seiner Familie wiederaufgebaut, seine Vergangenheit angegangen, sich selbst vergeben, Liebe gefunden, seine Familie wiedervereint, ein neues Leben begonnen, Wiedergutmachung geleistet, den Konsequenzen ins Auge gesehen, Vertrauen wiederaufgebaut, den Weg zur Wiedergutmachung fortgesetzt, eine neue Perspektive auf das Leben gewonnen, gelernt, sich selbst zu vergeben, die Scham überwunden, seine Ehre wiederhergestellt, Groll losgelassen, die Dinge in Ordnung gebracht und jetzt fehlte ihm nur noch eine Sache - Abschluss zu finden.

Er wusste, dass Abschluss finden eine der schwierigsten Aufgaben war. Es erforderte, sich seiner Vergangenheit zu stellen, Wiedergutmachung zu leisten und den Schmerz loszulassen.

Eines Tages setzte sich Jonathan hin und schrieb einen Brief an sein jüngeres Selbst. Er schrieb über die Fehler, die er begangen hatte, den Schmerz, den er verursacht hatte, und die Lektionen, die er gelernt hatte.

Während er schrieb, verspürte Jonathan eine Erleichterung. Er erkannte, dass er einen weiten Weg zurückgelegt hatte und bereit war, die Vergangenheit loszulassen.

In den nächsten Wochen arbeitete Jonathan weiter daran, Abschluss zu finden. Er besuchte Orte, die für ihn von Bedeutung waren, sprach mit Menschen, die eine Rolle in seiner Vergangenheit gespielt hatten, und erlaubte sich, die Emotionen zu spüren, die er so lange unterdrückt hatte.

Es war nicht einfach, aber Jonathan wusste, dass er es versuchen musste. Er wusste, dass er ehrlich, verletzlich und mutig sein musste.

Eines Tages verspürte Jonathan einen Abschluss. Er erkannte, dass er den Schmerz losgelassen hatte und bereit war, voranzugehen. Er verspürte eine Freiheit und Glückseligkeit, die er zuvor noch nie empfunden hatte.

Während er in die Zukunft blickte, wusste Jonathan, dass er immer noch Herausforderungen und Hindernisse bewältigen würde. Aber er wusste auch, dass er die Kraft hatte, Abschluss zu finden, die Vergangenheit loszulassen und das Beste aus dem gegenwärtigen Moment zu machen. Und er wusste, dass er weiterhin sein Bestes geben würde, egal was ihn erwartete.

Kapitel 27: Den Wandel annehmen

Jonathan hatte einen weiten Weg zurückgelegt. Er hatte seine Beziehungen zu seiner Familie wiederaufgebaut, seine Vergangenheit angegangen, sich selbst vergeben, Liebe gefunden, seine Familie wiedervereint, ein neues Leben begonnen, Wiedergutmachung geleistet, den Konsequenzen ins Auge gesehen, Vertrauen wiederaufgebaut, den Weg zur Wiedergutmachung fortgesetzt, eine neue Perspektive auf das Leben gewonnen, gelernt, sich selbst zu vergeben, die Scham überwunden, seine Ehre wiederhergestellt, Groll losgelassen, die Dinge in Ordnung gebracht, Abschluss gefunden und jetzt fehlte ihm nur noch eine Sache - den Wandel anzunehmen.

Er wusste, dass der Wandel unvermeidlich war und dass er ihn annehmen musste, um weiter zu wachsen und sich weiterzuentwickeln.

Eines Tages setzte sich Jonathan hin und reflektierte über sein Leben. Er dachte über die Veränderungen nach, die er bereits durchgemacht hatte, und diejenigen, die er noch vor sich hatte.

Er erkannte, dass er nicht mehr der Mensch war, der er früher war. Er war gewachsen, hatte sich verändert und weiterentwickelt. Er war bereit für das nächste Kapitel seines Lebens.

In den nächsten Monaten setzte Jonathan seine Bereitschaft fort, den Wandel anzunehmen. Er begann einen neuen Job, nahm neue Hobbys auf, erkundete neue Orte und schloss neue Freundschaften.

Es war nicht einfach, aber Jonathan wusste, dass er es versuchen musste. Er wusste, dass er aufgeschlossen, anpassungsfähig und bereit sein musste, Risiken einzugehen.

Während er den Wandel annahm, verspürte Jonathan eine gewisse Aufregung und Vorfreude. Er erkannte, dass es im Leben so viel mehr gab als das, was er zuvor gekannt hatte. Er verspürte eine Freiheit und Glückseligkeit, die er zuvor noch nie empfunden hatte.

Während er in die Zukunft blickte, wusste Jonathan, dass er weiterhin Herausforderungen und Hindernissen gegenüberstehen würde. Aber er wusste auch, dass er die Macht hatte, den Wandel anzunehmen, Risiken einzugehen und das Beste aus dem gegenwärtigen Moment zu machen. Und er wusste, dass er weiterhin sein Bestes geben würde, egal was ihn erwartete.

Kapitel 28: Eine neue Zukunft aufbauen

Jonathan hatte einen weiten Weg zurückgelegt. Er hatte seine Beziehungen zu seiner Familie wiederaufgebaut, seine Vergangenheit angegangen, sich selbst vergeben, Liebe gefunden, seine Familie wiedervereint, ein neues Leben begonnen, Wiedergutmachung geleistet, den Konsequenzen ins Auge gesehen, Vertrauen wiederaufgebaut, den Weg zur Wiedergutmachung fortgesetzt, eine neue Perspektive auf das Leben gewonnen, gelernt, sich selbst zu vergeben, die Scham überwunden, seine Ehre wiederhergestellt, Groll losgelassen, die Dinge in Ordnung gebracht, Abschluss gefunden, den Wandel angenommen und jetzt fehlte ihm nur noch eine Sache - eine neue Zukunft aufzubauen.

Er wusste, dass der Aufbau einer neuen Zukunft erforderte, dass er absichtlich, zielgerichtet und engagiert sein musste. Er musste Ziele setzen, Pläne machen und handeln.

Eines Tages setzte sich Jonathan hin und erstellte eine Liste seiner Ziele. Er schrieb auf, was er erreichen wollte, wer er werden wollte und wie er sein Leben gestalten wollte.

In den nächsten Monaten arbeitete Jonathan an seinen Zielen. Er nahm Kurse, um neue Fähigkeiten zu erlernen, er engagierte sich ehrenamtlich in seiner Gemeinschaft, er sparte Geld für seine Zukunft und er arbeitete weiterhin an seinen Beziehungen zu seinen Lieben.

Es war nicht einfach, aber Jonathan wusste, dass er es versuchen musste. Er wusste, dass er beharrlich, engagiert und fokussiert sein musste.

Während er an seinen Zielen arbeitete, verspürte Jonathan ein Gefühl von Sinnhaftigkeit und Erfüllung. Er erkannte, dass er eine neue Zukunft für sich selbst aufbaute, eine Zukunft, die mit Bedeutung und Freude erfüllt war.

Während er in die Zukunft blickte, wusste Jonathan, dass er weiterhin Herausforderungen und Hindernissen gegenüberstehen würde. Aber er wusste auch, dass er die Macht hatte, eine neue Zukunft aufzubauen, Ziele zu setzen, Pläne zu machen und zu handeln. Und er wusste, dass er weiterhin sein Bestes geben würde, egal was ihn erwartete. Er war bereit, die Welt anzunehmen und eine neue Zukunft für sich selbst zu schaffen.

Kapitel 29: Verantwortung übernehmen

Jonathan hatte einen weiten Weg zurückgelegt. Er hatte seine Beziehungen zu seiner Familie wiederaufgebaut, seine Vergangenheit angegangen, sich selbst vergeben, Liebe gefunden, seine Familie wiedervereint, ein neues Leben begonnen, Wiedergutmachung geleistet, den Konsequenzen ins Auge gesehen, Vertrauen wiederaufgebaut, den Weg zur Wiedergutmachung fortgesetzt, eine neue Perspektive auf das Leben gewonnen, gelernt, sich selbst zu vergeben, die Scham überwunden, seine Ehre wiederhergestellt, Groll losgelassen, die Dinge in Ordnung gebracht, Abschluss gefunden, den Wandel angenommen, eine neue Zukunft aufgebaut und jetzt fehlte ihm nur noch eine Sache - Verantwortung zu übernehmen.

Er wusste, dass es wichtig war, Verantwortung zu übernehmen, denn das ermöglichte es ihm, die Kontrolle über sein Handeln zu übernehmen und positive Veränderungen in seinem Leben herbeizuführen.

Eines Tages setzte sich Jonathan hin und reflektierte über seine Vergangenheit. Er dachte über die Fehler nach, die er begangen hatte, die Menschen, die er verletzt hatte, und die Konsequenzen seines Handelns.

Er erkannte, dass er Verantwortung für sein vergangenes Verhalten übernehmen musste, um weiterhin zu wachsen und sich weiterzuentwickeln.

In den nächsten Wochen übernahm Jonathan weiterhin Verantwortung. Er entschuldigte sich bei den Menschen, die er verletzt hatte, er leistete Wiedergutmachung und er unternahm Schritte, um in Zukunft nicht dieselben Fehler zu machen.

Es war nicht einfach, aber Jonathan wusste, dass er es versuchen musste. Er wusste, dass er ehrlich, verantwortungsbewusst und bereit sein musste, sich zu ändern.

Während er Verantwortung übernahm, verspürte Jonathan ein Gefühl der Erleichterung und Stärke. Er erkannte, dass er die Macht hatte, positive Veränderungen in seinem Leben herbeizuführen und die Person zu werden, die er sein wollte.

Während er in die Zukunft blickte, wusste Jonathan, dass er weiterhin Herausforderungen und Hindernissen gegenüberstehen würde. Aber er wusste auch, dass er die Macht hatte, Verantwortung zu übernehmen, die Kontrolle über sein Handeln zu übernehmen und das Beste aus dem gegenwärtigen Moment zu machen. Und er wusste, dass er weiterhin sein Bestes geben würde, egal was ihn erwartete.

Kapitel 30: Opfer bringen

Jonathan hatte einen weiten Weg zurückgelegt. Er hatte seine Beziehungen zu seiner Familie wiederaufgebaut, seine Vergangenheit angegangen, sich selbst vergeben, Liebe gefunden, seine Familie wiedervereint, ein neues Leben begonnen, Wiedergutmachung geleistet, den Konsequenzen ins Auge gesehen, Vertrauen wiederaufgebaut, den Weg zur Wiedergutmachung fortgesetzt, eine neue Perspektive auf das Leben gewonnen, gelernt, sich selbst zu vergeben, die Scham überwunden, seine Ehre wiederhergestellt, Groll losgelassen, die Dinge in Ordnung gebracht, Abschluss gefunden, den Wandel angenommen, eine neue Zukunft aufgebaut, Verantwortung übernommen und jetzt fehlte ihm nur noch eine Sache - Opfer zu bringen.

Er wusste, dass es wichtig war, Opfer zu bringen, denn das erlaubte ihm, die Dinge, die ihm am wichtigsten waren, in den Vordergrund zu stellen.

Eines Tages setzte sich Jonathan hin und dachte über die Dinge nach, die er opfern musste, um seine Ziele zu erreichen. Er wusste, dass er einen Teil seiner Freizeit, seiner Komfortzone und seines derzeitigen Lebensstils aufgeben musste.

In den nächsten Monaten brachte Jonathan Opfer. Er reduzierte seine Freizeitaktivitäten, arbeitete härter in seinem Job und sparte Geld für seine Zukunft.

Es war nicht einfach, aber Jonathan wusste, dass er es versuchen musste. Er wusste, dass er diszipliniert, engagiert und entschlossen sein musste.

Während er Opfer brachte, verspürte Jonathan ein Gefühl von Zweck und Richtung. Er erkannte, dass er auf die Dinge hinarbeitete, die ihm am wichtigsten waren, und dass er die Person wurde, die er sein wollte.

Während er in die Zukunft blickte, wusste Jonathan, dass er weiterhin Herausforderungen und Hindernissen gegenüberstehen würde. Aber er wusste auch, dass er die Macht hatte, Opfer zu bringen, die Dinge, die ihm am wichtigsten waren, in den Vordergrund zu stellen, und das Beste aus dem gegenwärtigen Moment zu machen. Und er wusste, dass er weiterhin sein Bestes geben würde, egal was ihn erwartete. Er war bereit, die nötigen Opfer zu bringen, um seine Ziele zu erreichen und das Leben zu schaffen, das er sich für sich selbst wünschte.

Kapitel 31: Zweite Chancen feiern

Jonathan hatte einen weiten Weg zurückgelegt. Er hatte seine Beziehungen zu seiner Familie wiederaufgebaut, seine Vergangenheit angegangen, sich selbst vergeben, Liebe gefunden, seine Familie wiedervereint, ein neues Leben begonnen, Wiedergutmachung geleistet, den Konsequenzen ins Auge gesehen, Vertrauen wiederaufgebaut, den Weg zur Wiedergutmachung fortgesetzt, eine neue Perspektive auf das Leben gewonnen, gelernt, sich selbst zu vergeben, die Scham überwunden, seine Ehre wiederhergestellt, Groll losgelassen, die Dinge in Ordnung gebracht, Abschluss gefunden, den Wandel angenommen, eine neue Zukunft aufgebaut, Verantwortung übernommen, Opfer gebracht und jetzt fehlte ihm nur noch eine Sache - zweite Chancen zu feiern.

Er wusste, dass es wichtig war, zweite Chancen zu feiern, denn das erlaubte ihm, den Fortschritt, den er gemacht hatte, anzuerkennen, die Menschen zu schätzen, die ihn unterstützt hatten, und die zukünftigen Möglichkeiten zu feiern.

Eines Tages organisierte Jonathan eine Party, um seine zweite Chance zu feiern. Er lud seine Familie und Freunde ein und bereitete Essen und Getränke für alle vor.

Während er sich mit seinen Gästen unterhielt, verspürte Jonathan Dankbarkeit und Freude. Er erkannte, wie viel er zu schätzen hatte und wie glücklich er war, die Menschen in seinem Leben zu haben.

Während der Party nahm sich Jonathan Zeit, seinen Lieben für ihre Unterstützung und Ermutigung zu danken. Er nahm sich auch

Zeit, über seine Reise nachzudenken und den Fortschritt, den er gemacht hatte, zu würdigen.

Als die Party zu Ende ging, verspürte Jonathan ein Gefühl von Abschluss und Aufregung. Er erkannte, dass er auf dem Weg zu einer glänzenden Zukunft war und dass er von Menschen umgeben war, die ihn liebten und unterstützten.

Während er in die Zukunft blickte, wusste Jonathan, dass er weiterhin Herausforderungen und Hindernissen gegenüberstehen würde. Aber er wusste auch, dass er die Macht hatte, zweite Chancen zu feiern, seinen Fortschritt anzuerkennen und das Beste aus dem gegenwärtigen Moment zu machen. Und er wusste, dass er weiterhin sein Bestes geben würde, egal was ihn erwartete. Er war bereit, die zweite Chance zu feiern, die ihm das Leben geschenkt hatte, und seinen Weg zur Wiedergutmachung fortzusetzen.

Kapitel 32: Das Geschenk der Gnade

Jonathan hatte einen weiten Weg zurückgelegt. Er hatte seine Beziehungen zu seiner Familie wiederaufgebaut, seine Vergangenheit angegangen, sich selbst vergeben, Liebe gefunden, seine Familie wiedervereint, ein neues Leben begonnen, Wiedergutmachung geleistet, den Konsequenzen ins Auge gesehen, Vertrauen wiederaufgebaut, den Weg zur Wiedergutmachung fortgesetzt, eine neue Perspektive auf das Leben gewonnen, gelernt, sich selbst zu vergeben, die Scham überwunden, seine Ehre wiederhergestellt, Groll losgelassen, die Dinge in Ordnung gebracht, Abschluss gefunden, den Wandel angenommen, eine neue Zukunft aufgebaut, Verantwortung übernommen, Opfer gebracht, zweite Chancen gefeiert und jetzt fehlte ihm nur noch eine Sache - das Geschenk der Gnade.

Er wusste, dass das Geschenk der Gnade wichtig war, weil es ihm ermöglichte, die Dinge anzunehmen, die er nicht ändern konnte, sich für seine Unvollkommenheiten zu vergeben und darauf zu vertrauen, dass am Ende alles gut sein würde.

Eines Tages setzte sich Jonathan hin und reflektierte über seine Reise. Er dachte über die Herausforderungen nach, denen er begegnet war, die Fehler, die er gemacht hatte, und den Fortschritt, den er erreicht hatte.

Er erkannte, dass er das Geschenk der Gnade annehmen musste, um den gegenwärtigen Moment vollständig anzunehmen.

In den nächsten Wochen setzte Jonathan seine Bemühungen fort, das Geschenk der Gnade anzunehmen. Er übte Achtsamkeit, Dankbarkeit und Selbstmitgefühl.

Es war nicht einfach, aber Jonathan wusste, dass er es versuchen musste. Er wusste, dass er geduldig, sanft und freundlich zu sich selbst sein musste.

Als er das Geschenk der Gnade annahm, verspürte Jonathan ein Gefühl von Frieden und Zufriedenheit. Er erkannte, dass er nicht perfekt sein musste und dass er Liebe und Akzeptanz genauso wie er es war, verdiente.

Während er in die Zukunft blickte, wusste Jonathan, dass er weiterhin Herausforderungen und Hindernissen gegenüberstehen würde. Aber er wusste auch, dass er die Macht hatte, das Geschenk der Gnade anzunehmen, dem Weg zu vertrauen und das Beste aus dem gegenwärtigen Moment zu machen. Und er wusste, dass er weiterhin sein Bestes geben würde, egal was ihn erwartete. Er war bereit, das Geschenk der Gnade anzunehmen, die Dinge loszulassen, die er nicht ändern konnte, und darauf zu vertrauen, dass am Ende alles gut sein würde.

Also by Dorothy Vincent

The Case of the Missing Heirloom: A Whodunit Mystery
The Lost City of Atlantis: A Young Adult Adventure
Living Authentically: Embracing Your Unique Identity
The Faithful Witness: Conviction and Courage in Uncertain Times
Breaking the Mold: Shattering Expectations and Chasing Dreams
The Art of Being Yourself: Uncovering the Power of Authenticity
Living a Life of Purpose: Discovering God's Plan for Your Life
The Prodigal Son's Return: Redemption, Regrets, and a Second Chance at Love
El Regreso del hijo Perdido: Redención, Remordimientos y una Segunda Oportunidad En El Amor
Le Retour du fils Prodigue: Regrets et une Seconde Chance d'aimer
The Road to Redemption: Finding Hope and Healing
Il Ritorno del Figlio Perduto: Redenzione, Rimpianti e una Seconda Possibilità di Amore
Die Rückkehr des verlorenen Sohnes: Erlösung, Reue und Eine Zweite Chance auf Liebe

About the Publisher

Accepting manuscripts in the most categories. We love to help people get their words available to the world.

Revival Waves of Glory focus is to provide more options to be published. We do traditional paperbacks, hardcovers, audio books and ebooks all over the world. A traditional royalty-based publisher that offers self-publishing options, Revival Waves provides a very author friendly and transparent publishing process, with President Bill Vincent involved in the full process of your book. Send us your manuscript and we will contact you as soon as possible.

Contact: Bill Vincent at rwgpublishing@yahoo.com